诗
想
者

H I P O E M

大风吹过故乡

Dafeng
Chui Guo
Guxiang

汤松波 著

GUANGXI NORMAL UNIVERSITY PRESS
广西师范大学出版社
·桂林·

策 划 人/ 刘 春
责任编辑/ 黄珊虎
助理编辑/ 郭 静
责任技编/ 李春林
装帧设计/ 唐秋萍

图书在版编目（CIP）数据

大风吹过故乡 / 汤松波著. —桂林：广西师范大学出版社，2018.2（2020.4 重印）
（诗想者 : 散文诗）
ISBN 978-7-5598-0589-8

Ⅰ. ①大… Ⅱ. ①汤… Ⅲ. ①散文诗－诗集－中国－当代 Ⅳ. ①I227.6

中国版本图书馆 CIP 数据核字（2018）第 002685 号

广西师范大学出版社出版发行
（广西桂林市五里店路 9 号 邮政编码：541004
网址：http://www.bbtpress.com）
出版人：黄轩庄
全国新华书店经销
广西广大印务有限责任公司印刷
（桂林市临桂区秧塘工业园西城大道北侧广西师范大学出版社集团有限公司创意产业园内 邮政编码：541199）
开本：880 mm × 1 240 mm 1/32
印张：5.5 字数：120 千字
2018 年 2 月第 1 版 2020 年 4 月第 2 次印刷
定价：50.00 元

汤松波，当代诗人，词作家。中国作家协会会员，中国音乐家协会会员，广西音乐家协会副主席，广西文化名家暨“四个一批”人才。著有诗歌集《东方星座》《触摸时光》等专著。作品入选各种年度选本、高等艺术院校音乐教材及中央电视台文化部春节晚会。曾获全国各族青年团结进步优秀奖、共青团中央“五个一工程”奖、广西“五个一工程”奖、广西文艺创作铜鼓奖、国家音像制品奖、广西“五四”青年奖章、《十月》诗歌奖、《飞天》十年文学奖、中国人口文化奖等奖项。

出版说明

我国古代就有“赋”这一种文体，兼具诗歌和文章的性质，以“铺采摛文，体物写志”为手法，侧重于写景、借景抒情，可谓散文诗的前身。西方现代诗的先驱波德莱尔，1869 年出版了散文诗《巴黎的忧郁》。他认为散文诗这种形式，“足以应付那心灵的情绪、思想的起伏和知觉的变幻。足以适应灵魂的抒情性的动荡、梦幻的波动和意识的惊跳”。自 1917 年《新青年》刊登白话诗以来，中国诗歌打破旧的格式和韵律，进入了新的阶段。新诗诞生不久后，现代散文诗开始出现，从最初不成熟的尝试，到 1927 年鲁迅的《野草》诞生，散文诗这一文体奠定了其在中国现代文学史中的重要地位。

事实证明，散文诗并不是散文与诗的嫁接，而是已自成一派。这种比诗更自由、比散文更精练的文体，百年来产生过不少经典名作，获得了写作者的青睐和阅读者的热爱。站在 21 世纪的十字路口，散文诗的发展将何去何从？这就不仅要对东西方散文诗传统进行梳理与思考，也要确保对当下现实的独到把握，拥有精微的内心和广阔的视野。

为此，我们特别策划了“诗想者·散文诗”系列图书，陆续推出优秀的散文诗作品，入选作者均为在这一体裁上取得较高成绩的诗人和作家。希望我们精心推出的这些作品，能够为诗人、学者以及普通读者提供一个了解散文诗创作状况的途径和良好的参考。当然，由于种种原因，这一系列图书必然会存在诸多不足，还请读者朋友们多提出批评与建议，以期把这项工作做得更好。

广西师范大学出版社诗想者工作室

2018 年 1 月

目录

第四辑　　花雨纷飞

第一辑

梦里乡愁

思乡的时候，

大风就会从远方吹过来，

翻卷起我对故乡的缕缕记忆。

我在长寿之乡等你

一

每次抬头看这里的山，都是一幅幅写意的中国画。

山牵着山，情深意长。任怀里的野草杂树疯长，任孩子般调皮玩耍的雾攀藤绕枝，追着风让飞檐披纱。它们，不会成为丢失的词语，在姑婆山，在茶园酒铺，在诗歌长成玫瑰的日子，在传说反复出没的地方，又会仙女般与你默然巧遇。

太阳出来了，你该沿临贺汉城，经封阳古国去大桂山走走。那里的光线柔软、明亮，即使是树叶间筛下来的故事，你也不要担心会发霉、腐烂。

在大桂山，在春天暖流浩荡的典籍里，蜜蜂迫不及待地上了花轿，出嫁的音乐还未响起，枯木们，便喜气洋洋地长出了耳朵。

二

每次低头望水的时候，两个月亮，彼此心里装着对方，从贺江、桂江分头出发。它们在竹影倒映的水里漫游，游向西江、游向珠江，在大海呼啸的凯歌里会师，在比远方更远的地方团圆。

这一切，多么美好啊。风带走了浮尘，思念是那么干净，那么的一气呵成，我必须记下这恩爱的朝夕，记下久别重逢相拥而泣的亲人。

入秋了，我常常在这样的意境里夜半醒来，醒来后，就去贺江岸边闻丹桂花香。朦胧中，总会看见打鱼的人，提着油灯出舱舀水。他舀水，舀着舀着，就舀了满满一桶月光，月光在木桶里摇晃的尽头，就是我心头升起乡愁的地方。

假如这时你也在，那该多好。我们可以一起做梦，一起望乡，一起吃瓜花酿，一起闻豆豉香，一起在月光的照耀下叮当发光，一起祈望能像桂江村头的香樟一样，从小到大，再快快乐乐地长一遍。这样，当我们的年岁像这里的长寿老人一样大的时候，依然可以骄傲地跟对方说，人生最珍贵的事情，就是我没有把你忘记。

三

在时间的嘴唇里，我最想的还是瑶家的那碗油茶。在富川，满嘴喷香的日子，从潇贺古道走来，一串一串，摇曳在脐橙树上，摇曳在古村落飘荡的炊烟里，摇曳在长鼓敲响的节奏里，摇曳在草叶与流水混合的香气里。

蝴蝶飞舞的季节，给你唱一首蝴蝶歌吧。

那唱歌的人如花，是香的，歌声也是香的，你不妨闻一闻，迷人的香气里，一定透着爱情的味道。

这时候的香啊，就变成甜了，我们可以很自然地对号入座，将一寸一寸的幸福，在互扣的指间深情挽留、铭记！

四

贺州的客家围屋是方形的。

过了莲塘，你就能看到它伫立郊野的风姿了。

客家山歌水灵灵地从围屋里飘出，擦亮了往事里尘土飞扬的山河。我想告诉你，即使是白天退场，黑夜登台，山歌依然水灵且不会生锈。那屋檐上亮起的灯笼和着歌声随风晃动。那晃动的又岂止是乡恋与相思？

在贺州，除了山歌，客家人一生还离不开一个“酿”字。

他们酿春夏秋冬，酿风花雪月，酿山高水长，酿福寿无边。

他们把生活酿得甜蜜芳香。

他们将日子酿得五彩斑斓。

他们把家风酿在山歌谚语里。

他们将一方水土酿在心头上。

你来了，他们也会毫不犹豫地，把你酿进那一朵朵激情绽放的花里。

五

听说过黄姚古镇吗？只要你来到这里，你就不是头顶弯月的异乡人。

在古老的青石板路上漫步，你会与自己的前世相遇。而酒壶山、姚江水与古镇为伍，是丹青妙手都无法抄袭的风景。于你我而言，一壶酒，便足够将心安放在古戏台上。一江水，便可将弯弯曲曲的韵味，弯进那远了又近，近了又远的梦里。

在黄姚古镇，晨雾弥漫。无须等一场奔跑的雨，也无须借助一片歇脚的云。你可以任意虚构人生，任意虚构突然从远方跑过来抱住你的那个人。当然，这也必须取决于心里的爱。

有爱，就有天荒地老，有爱，就有人寿年丰，有爱，就有扑闪着的动情的眼泪，有爱，就有遮风挡雨温暖绵长的旅途。

六

在岭南，有一个叫贺州的地方，十里荷塘就是十里画廊。

那里的风景可以掩藏灵魂的忧伤，那里的快乐可以让人心生翅膀，那里三省通衢，是语言的博物馆，那里飞瀑流泉，酒醇茶也香，那里是享誉世界的长寿之乡，也曾是瑶妃钟爱的故乡。瑶族人独创的瑶绣织锦上，漂染着千年不朽的月光。

我就在这长寿之乡等你了，我要和你去花海美美地赶集，我要和你去古镇傻傻地发呆，我要和你去浮山纵情对歌，我要和你去秀水择林隐居。

当然，如果面对这样的邀约，你暂时还来不了，那再等你千年又有何妨？

又一千年后，我依然胸怀山水，眉梢上为你扬起喜悦，心坎里为你荡漾欢歌。

诗说故乡

一

故乡，在森林舞蹈的南方，冬天也是绿色的。

故乡，在群峰环抱的阳明山下，四周的山峦每一天都在天空标注弧线。在我的眼里，那些漂亮的弧线，层层叠叠，是庄稼人晾晒在山顶遮阳挡雨的草帽。

故乡的风是甜的，溪水是甜的，空气是甜的，乡亲的笑脸也是甜的。从山里走到山外，只隔着一道门。门，是挂在山前那一帘薄薄的雾。

二

当二月的河流淌过我的身体，邻里的炊烟伴着令树叶听了也害羞的歌子随风飘来。歌子钻进心，心便痒痒地，在阳光的怂恿下潮起云飞。我一直认为，那些粗野的山歌是可以传世的，歌声止处，秧苗齐刷刷地从田垄里长出来。歌声再次响起时，幻觉中，一位绝美的女子定会在母亲侗弄的篱笆墙上，绽放成一朵微笑的花。

对于山里人来说，山歌是可以当饭吃当酒喝的。无论晴雨，无论嫁丧，无论白天黑夜，无论春夏秋冬，无所不歌，无所不唱。乡亲开腔亮嗓的瞬间，所有的日子都会在心底明亮起来。

三

故乡的竹林延绵十里，可谓美不胜收。风一吹，竹林沙沙作响，这大山弹奏的乐曲，应该是天籁了。云在听，鸟在听，日在听，月在听，山自己在听，我也在听。听着听着，蘑菇伞下的童话便复活了；听着听着，我便在这竹林的音乐盛宴里迷醉了。

竹林又是寂静的。雨后的竹林，空气要多清新就有多清新。这时在竹林里徜徉，脆脆的鸟语便会凌空落下，栖在枝头。你尽可能走得慢些、再慢些，尽可能将心与竹林贴得近些、更近些，敞开心肺畅饮空气，把自己完全浸润在这如诗如歌的氛围里。

四

在我的心里，故乡是一本厚厚的诗集，封面则是那万亩野生的杜鹃花海。

一页页打开之后，每一树，每一枝，每一朵都是意味深长的诗，耐人寻味的诗，向阳的不自满，背阴的不气馁。面对奔放、热烈、娇羞的花朵浸染的山野，那种美，令人叹为观止，那种贴崖疯长的力量，震撼心灵。如果不是亲身体会，如果你要对外人轻轻说起，一个梦，是不足以把她的美和爱恋说尽的。

杜鹃花海的对面，白云藏古寺。古寺的存在已有千年，尽管那些美丽神奇的传说有些斑驳，但丝毫不影响前来顶礼膜拜的人们的虔诚脚步和一颗颗向善的诚心。

五

身在异乡多年，每当夜深人静时，我便会想起故乡。想那弯弯曲曲承载着希望的田垄，想那老牛驮着牧童横笛四月的悠闲，想那高高的银杏树下老屋里飘出的阵阵粽香，想那太阳出门就爬大山的动人景象……无限温情的记忆，时常会点燃心中歌唱的火把！

我是故乡具有诗人气质的一个器官，虽游走他乡，但心底始终都保存着故乡柔软惊艳的月光。相思是疼痛的，但疼痛也会呼吸。呼吸来自胞衣，来自脐血。故乡是我的胞衣，是我脐血相通的母亲。

回眸故乡

一

一直以来，我都无法想透一个人活着需要经历多少苦难，但我认为每个人在艰难困苦面前依然有继续生活下去的勇气，肯定离不开某种生命的支点。就我而言，生命的支点就是血脉之中永不剥离的故乡。

没有任何区别，和古人一样，思乡的时候，一定是在有月的夜晚。有月的夜晚，故乡沐着清丽的月光坐在东坡的《水调歌头》里。当母亲年迈的身影浮现在眼前时，故乡，作为心头最热的一个词语，已被飞流直下的泪水湿透。

在这种情绪的浸染下，我想不管是谁，也按捺不住回家看看的念头了。

二

青石板和普通黄沙铺就的山道曲曲弯弯，伴着我的归期一弯就弯到了九月。

近乡情怯。越是离故乡近了，胸口越是怦怦直跳，怦怦直跳的心音叠着一路花开的声音，都可清晰地听到。回到故乡，淡淡的、轻轻的、游离的阳光将心里烘得暖暖的，三三两两的农舍，缭绕的炊烟，山瀑流泉，篱笆矮墙，鸡鸣犬吠以及邻里亲热地呼唤我的乳名，一切的一切都是那么顺眼，一切的一切都是那么动人。

根为树之本，绿叶对根的情意是任何语言和诗句都是无法描绘的。

乡情绵绵无绝期。故乡，这块心灵的净土，对我这个游子来说，是一幅永不褪色的风景画。

三

红薯苞谷酒，是故乡最直接最熟悉的语言。

亲情无价。回到家里刚刚落座，气血相通的亲人和友善的左邻右舍就很自然地聚拢在一起了，父母在亲友的帮助下，一会儿就弄好了十余道地道的农家土菜。大家按宾主长幼如过节般依次围成一桌，端着粗糙的酒碗轮番敬酒，不管熟与不熟、亲与不亲，话在酒里，情在席间，插科打诨，纵论天下，其乐融融，好不自在。

夕阳西下，几巡酒下来，心情极度放松的我已渐显醉意，朦胧的醉眼里看到亲友们灿烂的笑脸如春风催开的朵朵桃花，我的心更醉了。看到他们有滋有味的生活景象，我还要说什么呢？在外为稻粱谋的我就愿这样长醉不醒了，就愿这样拽着故乡的衣袖，随灵动的晚霞醉向竹林摇翠的天边。

四

和母亲话家常是我回家最幸福的事儿。月儿斜挂枝头，亲友散去后，生一炉火，煮一壶清明谷雨茶，陪老人家尽情畅聊她认为能讲的或记得起来的所有过往。年少不经事时，常嫌老人家啰嗦，此时，我已深深懂得，当一名最认真的听众是做儿女的本分，高兴时陪着开心，偶尔伤情时就赶忙劝慰。

母亲没有读多少书，可讲起道理来却一点也不含糊，她期望我们遇事呈祥、建功立业，期望我们出入平安、衣食无忧。朴实无华的滚烫话语常常充满人生的哲理，让我顿悟，让我满足，让我自励，让我百感交集。

星星点灯。不知不觉已到深夜。窗外寒风萧瑟，丝丝寒意袭来，我并没有感到秋夜的寂冷，母亲安静的眼神与殷殷心语，已足够温暖我漂泊的一生！

五

一次一次的挥手离别，难免就有一次又一次的缱绻回眸。面对离别，即使再豁达的人在回望时也会愁肠百结。

又要离开故乡了，晨月在打满补丁的山路上播洒着忧伤的清辉。母亲噙着泪，送我到村口，祝福的话说了一遍又一遍，温暖而布满老茧的手牵着我久久不愿松开……

走远了，后背依旧可以感觉到母亲站在原地挥手目送的不舍与殷切。猛一回头，故乡已和母亲单薄的身影重叠在一起了，我那不争气的泪水，伴着这份难以割舍的亲情和乡情，已不知不觉从眼角滑出。

母　亲

一

那一年，槐花绽放枝头时，母亲的心思就在月亮里结满串串的槐豆子；那一年，母亲从山那边远道而来，一路的浏阳花炮响过之后，父亲的麦地从此变得肥沃、金黄。

那些日子里，乡野的小路在母亲的眼里伸个懒腰就直了，村庄前拔节的庄稼一茬一茬，一眼根本望不到尽头。晌午，阳光一把一把撒向纯净的河水中，散发着草叶与鲜花的芬芳。

那些日子里，母亲走在野草杂生的田埂上，山歌子悄然跟随在身后，被山野的风一吹，红了一山，黄了一沟……

二

一个初春的雪夜，风很紧。一声豪壮的啼哭回响于永州之野的阳明山下。母亲，就这样把我带到了陌生而充满魅力的人世。

当五月的稻浪潮涌般起伏，母亲的手掌里便开始丰满香甜了。可是，母亲注定是大山的女人。大山永远沉默无闻，像一棵树抑或一丛草，随处茂盛，随处枯零……

三

祖祖辈辈膜拜的太阳神仍高悬中天，那其间灼热的神话早已被儿孙们刻进碑文；而红月亮撒播于远山远水的野史里，每一段都带着一个悲怆的传说，那传说中的主人公一定是女性。

当我们跋涉于远方的土地，想一想慈祥的母亲，那便是一种昭示、一种祝福。

读给外婆的诗

一

黯然神伤的琴声戛然而止，令人悲痛的消息来自母亲哽咽嘶哑的喉咙。

南方的四月，我无法感到春天真实的存在，大脑一片空白。

外婆，你可知道，我曾经给你许下的诺言正准备实现，你就要离我而去了，这份遗憾将伴我终生。

现在，我眼前的那片天塌了下来，那些曾经带给我无穷快乐的记忆，也在这雷雨无情的冲刷下，消失得没有踪影。

二

一路跌跌撞撞，当我从千里之外赶回老家的时候，你临熄的微笑，犹如一片最后的叶子，在我无奈的枝头缱绻地颤抖。拉着你尚有余温的枯手，我不敢哭出声，心里翻腾起万般歉疚与苦楚。

看到我回来了，你眼前一亮，好像附在你身上的所有疼痛一下子没有了，干瘪的嘴唇轻轻翕动，似乎在唤我乳名。我多想你就这样好起来啊，好起来就能圆我梦想。可妈妈说，外婆看到你回来了，她已没有惦念，这是生命枯萎前回光返照的征兆，老人家很快就要走了。

是的，很快你就走了。带着我们的心伤和眼泪走了，带着我与你的快乐走了，带着那些只有我才听得懂的童谣走了……

我无语，只有悲哀地仰望那张挂在墙上有些泛黄的照片。

三

外婆，你已经回到你来的地方去了，匆匆赶路的速度，快得令我窒息，就连追赶你的春天也只能看见你的背影。

你已经回到你来的地方去了，你来的地方是太阳升起的地方，那里到处都是黑质的土壤，火种正悄悄萌芽，美丽的月亮河在我想念你的子夜时分，一定会传出一些令草叶听了也会动情的恋歌。

我写了许多许多的恋歌，给田野、给大山、给黎明、给外婆走后留给我的那些坚实而整齐的足迹。

乡　村

乡村永远是我心中的风俗画。

深入乡村，每条叠满补丁的山路必定是弯弯曲曲且不见尽头，每扇古老的木门必定终日敞开且门前挂满鲜红的辣椒，而那些银杏树如垂天之云，在穿越情感的心路历程后，便保持一种朴素寡言的姿势。

进入乡村，雨水饱满地封锁着风俗。沉甸甸的果实如生动的文字，即便是持他乡方言到此的人，也会感到亲切。在袅袅炊烟下，人们用目光自由地交流，用溪水濯洗纤丽的夕阳。一阵山风过后，村姑暮归的笑声由远而近，你手搭凉棚远眺，说不定会看见一个女子着浅色秋衫，以一种俏皮的姿势悄然现身……

山里人深知劳动的可贵，他们在水边造屋，他们望着高山流泪，他们日出而作日落而息，腰间缠着令树叶听了也会害羞的情歌，他们大悲大喜，在梦里也不会疲倦。

乡村的夜晚，寂静得让人伤心和无奈，那如豆的灯火啊，透过贴满二十四个节气的木窗，透过丰满的手指，照耀着尘封的往事，怎能不叫人想起那触之即痛的爱情？

今夜，我将在乡村的一角，用月光恬静的心情，将你读成诗，读成林涛翻滚不息的思念。

大风吹过故乡

思乡的时候，大风就会从远方吹过来，翻卷起我对故乡的缕缕记忆。

在我有限的记忆当中，万和湖，如一枚安静的玉佩，清晰地挂在故乡——阳明山高高的腰间。

这被我称作玉佩的万和湖，在我没有离开故乡之前，一直是我寻觅清雅的所在。无论什么季节，只要隐士般坐在它的身旁，那份无以言表的惬意立刻就会在心头蔓延。云来的时候，可以读与云共舞的水鸟，三三两两从枝上飞起又徐徐落下的那份悠闲与自在；雨来的时候，万和湖就是架在天地间的一把巨琴，雨水为弦，叮叮咚咚弹奏着我对未来的向往以及那如苦菜花一样的童年……

几十年过去了，身虽漂泊异乡，心却惦念依旧。当我再次来看它时，发现它在穿越历史的暮色后，容颜未改，依然流淌着年轻的血液。我为之欢欣，为之赞叹，眷恋的情怀有增无减，它已成为我身体里不可分割的部分，柔软而充满灵性。

在万和湖的上方，是赫赫有名的杜鹃花海。春天来了，万亩野生杜鹃如约盛开。你不用怀疑你的眼睛，红的，白的，紫的，数不胜数，如锦绣簇拥，呈现在你面前的是花的海洋。徜徉花海，蝶蜂飞舞，鹧鸪声声，好一派春意盎然的景象，呼吸着弥漫花香的清新空气，心旷神怡的你会由衷地庆幸，好在没有错过今年的花期！

我还要告诉你一个秘密，如果此时你借助大风的力量，拨开那些极不情愿散开的云雾，你就会惊奇地看到，面色红润的阳明山正双手合十，在万寿寺的声声木鱼里静静打坐。到过这里的人们都说，这是一个灵气十足的地方，是人间天堂……对于这类说法，我心里默许且引以为豪。

当然，故乡的美好，不仅仅是这些，我笨拙的笔是无法记述完整的，尽管几十年来我一直在坚持着对她的记述。在我的心里，这种记述，哪怕是断断续续的，也是一种真切的表白，一种刻骨的思念！

如今，我远在他乡，千里之外的故乡，恐怕是听不到我隔山隔水的呼唤了。但只要大风从故乡的方向吹来，我的眼睛就会模糊、湿润。

我知道，不管我怎样地爱，怎样地想，我和她也只能在梦里相见。若梦里相见后还不能令我满足的话，我就会毫不犹豫地把闲暇时间放在阅读涉及山野、村庄的文字上，田野、小河、竹林、农舍、炊烟……尽管这些描写的不一定是我的故乡，但细细读来也足以慰藉我难耐的思恋心绪。

大风吹过故乡，吹过四季，吹过我逐渐疏松、泛白的头发。而我无意于感叹时光的匆匆，只要生命不息，我心底对故乡的眷恋就会永远绽放，且在岁月的枝头格外醒目。

榧子树脚

一

崀山下的榧子树脚，是我的原籍。

当时间驰行的车轮载着我，再次回到阔别了四十年的故乡，我惊喜地发现，山岚雾霭中，高高的榧子树，依然是指引我回家的温暖路标。

在榧子树脚，空气里散发着泥土与花朵混合的香气，那条我儿时在她怀里玩耍的调皮小溪，正挑着红肥绿瘦的春天，在榧子树眼皮底下穿村而过，那份经年流淌不息的从容与淡定早已灌注进我的灵魂，让我在远处的江湖也能做到荣辱不惊。

家门口等候多时的年迈的亲人们，用久违的乡音，小心翼翼地擦拭着我努力噙在眼角的泪水。

此时，我羞愧地站在榧子树脚，感觉有些眩晕。我明白，那是我在故乡浓厚的亲情与乡情里醉氧了，一醉归真。

二

那一棵棵高过蓝天的榧子树，是我心里永不落幕的风景。

我爱榧子树，记忆当中，连串的鸟语和悠闲信步的白云，都喜欢在它们的枝叶上随意安家，榧子树也是我心灵温暖的港湾。

如今，几十年过去了，榧子树依旧安静地庇护着我的乡亲，庇护他们在淡墨的山水之间劳作、嫁娶、喝酒抑或悲伤、流泪。所有这些，在我的眼里，都是人世间最美、最为动人的画面。

乡亲们说，榧子树上结的果实和它的根系可以防癌、治癌，榧子树脚的人，至今村子里没有一个是因为得了癌症而死的。因此，偷盗者们常常不择手段地想要带走它。

听到这些，我陡然心生疼痛，为榧子树生死未卜的命运而担忧。

三

榧子树脚，你对我的身世了如指掌，我是你脚板上流浪在他乡的一粒痣。有了这神秘的符号，哪怕我在外面西装革履，你也能一眼认出我来。

很想给你写一封信。在给你写信的时候，我身前是清明，身后是谷雨。

在故乡，很多一生布衣草履的亲人都老了，孩子们远离崀山外出打工，老人们的时光都已毫不保留地被覆盖岁月的枝叶收藏，以后他们的骨头和朴素的灵魂，都将埋葬在故乡的脚下。再以后的以后，就轮到我了。所以我请求你，帮我照料那些与他们友善为邻的花草、飞鸟，让我那些步入晚年的至亲，有些许温暖的支撑和依靠。

我知道，这样的托付有些虚空，但我宁愿相信虚空的力量永世存在。

榧子树，你知道吗？你是我仰望故乡时唯一的精神高地，时常，我在你梦里发呆，而你，却让我在乡愁里爱上流年。

四

榧子树脚，是崀山下一个普通村庄的名字，我为这个名字感到骄傲与自豪，以此为名的村庄喂养出的第一个诗人是汤松波。

今夜，月亮挂在榧子树上。我静坐在榧子树下写诗。我非我，只是这村庄的一缕魂灵。

这个夜晚，一定值得我去深爱。

回到故乡，我一直在想着远方的爱人。爱人，唱苗歌的后裔，你可明了，在这样的夜晚，我能够明显地感觉到，一样的月光下，你衣着整洁，长发梳理得光亮柔滑，叮当作响的银饰合着苗歌，正朝着我靠近。那一朵朵梦的花瓣，正沿着你眼神指引的方向，把春天的优雅，带往我们放牧爱情的河谷。

今夜，挂在榧子树上的月亮，伸出双手抚摸了令我心跳不已的回忆。

我的心思，被这简单的月光看得透彻。我想和相爱的人在榧子树脚的青葱岁月里，守着那一粒粒小小的日子，邀菊花为知己，每天清茶待客，煮酒论诗，然后醉倒在丹霞不朽的魂里。

五

择树为邻，已成了故乡人的一种习惯。我虽与故乡相隔遥远，但和与榧子树相伴为邻的心灵却一直很近，很近。

榧子树脚，我想对你说，只要你一切安好，在我的心里，这世界就会光洁如新。

我知道，每一次相聚，都是离别的开始。

离乡的日子长了脚似的，比平时都走得快。又到了告别的时候了，可我不知道该选择以何种方式向你告别。

来去匆匆，对于游子来说，在相聚和离别之间，煎熬着一颗寻求慰藉的心，那颗心，一半是愉悦，一半是忧伤。毋庸置疑，这份喜忧参半的情愫，必然还会继续细细打磨我余下的岁月。

写给福竹

一

关于福竹，我从不愿向外人轻易说起，那是我心底最柔软的部分，也是我内心不能割舍的幸福。

福竹，一个村庄的名字，别在丹霞殷红的梦里。

村庄蛰伏在深山脚下，一年四季，空气里都含着翠绿，伴随那一寸一寸敞开的迷人风景，连公路走到这儿也没有再走下去的力气和想法了。

如果每个人都有一次赞美大地的机会，我唯赞福竹，它几乎占全了我想象中美丽村庄的所有特征。当然，这样的选择，源于思乡的迫切，更源于病入膏肓的爱恋。

二

福竹，我知道，你站立的地方，原本是一片海。后来海走了，山便明目张胆地长了出来。

山长出来的时候，脸蛋红润，照亮了梅溪乡野里的整个秋天。

再后来，你声名鹊起，你以绝世的丹霞之貌，大大方方地抢尽风头，吸引着人们的眼球。

福竹，在热闹纷繁的背后，你是否看见，我就站在你设定的时间之内，小心翼翼地爱着你？时光无形，爱有形啊，在低处，你与我的诗歌血脉相连，我在你的方言里呼吸均匀。此时，我想敞开所有的窗子，迎接自由与感恩的心声，然后在一首苗家失传的老歌里倾听相爱的彼此。

我相信，即使白发百年时，你我的灵魂都会写在彼此的脸上。

我相信，大风吹过故乡的时候，会同时把你和我吹进一张相片里。

三

天上的云朵想回家了。当日子涉水而来，福竹，你可看见，我和你的爱情已蔓延到了举案齐眉的高度？

这一生，我要用爱来描写自己的天堂，除了固执地爱你，我别无选择。

因此，在那些古老方块字里苦苦爬行的我，常常借用时光的幻想，趁着夜色偷运自己回到你的怀里。

一路上，我都在想着如何才能抓住那些飞翔的风雨和去远方赶集的花朵，为你编织祝福的花环。

一路上，我都在想着如何与你一起孝敬爹娘、喂养孩子，想着饮下酒杯后在半醺中与你共赴燃烧、起伏的柔情。

那是低处的幸福，封闭了内心的寂寞和距离垒砌的悲怜。

那是低处的幸福，细节里的笑容，在令人眩晕的月光里婆娑绽放。

那是低处的幸福，尽管时间会像梦一样离去，我要珍惜和你在一起的每时每刻。

四

我承认，离散是为了相遇，而疼痛却是因为爱。

我承认，爱上你，便是爱上了流水与落花、磐石与松木。

今夜，我离你很远、很远了，远得让人伤心、落泪。

也许，我对你的倾诉会碰到尘埃，也许，我睡去了再也不会醒来，但我对你深深的眷恋与爱每日如新，你给我的家，在心里，温暖而又踏实。

春　节

现在，村庄已被健康的农妇收拾得干干净净。

鞭炮起兮，虔诚的人们身着崭新的衣裳和鞋帽，用焦渴的眼神迎接这古老而新鲜的节日。

据说明天就是春天，春天的根子在哪里？看不见，只发现村寨门前，亮着吉祥的灯笼，贴着春天的对联。

拜年了，主人不断地对客人拱手作揖，在握手的瞬间，一种温暖在传递着亲情和风俗。

于是，整个节日都借着酒意，如花般开在人们的心里。

于是，春节在那不经意的一醉中，便完成了一次涅槃的过程。

八角寨情歌

一

认识八角寨，缘于一个名叫福竹的村庄。

八角寨，不是一个传统意义上的寨子，而是一座耸立入云、形如头戴八角帽的山峰。

八角寨，属丹霞地貌。她的隔壁，住着我日思夜想的故乡——崀山。

崀山也是丹霞地貌，和八角寨肌肤相亲，不分你我。

因为爱，我喜欢丹霞，连同她怀里的山风、流泉、飞鸟、松林。

因为爱，我痴迷丹霞，在走近她的时候，我感觉一直在梦中行走的自己，顿然醒了。醒来的第一眼，我就看到了我的梦想和我的身体，正朝着爱人手指的方向，从很远很远的幻境里归来。

八角寨的情感是细腻的，面对我的归来，她不与任何人商量，便自作主张热情地挥动白云的手帕，向我致意。我突然觉得，她给我的，是一种近乎于高贵的仪式，虽然简朴得无酒无歌，但能让我的心底，为她滋生出一段不可复制的深情。

二

比平时高了许多的天空告诉我，时令已是深秋。

深秋里，草木忙着换装。从木屋里款款走出的苗家阿妹，也穿着雾一样飘逸的花裙子陪我去看八角寨。

八角寨，那是我阿妹的八角寨哦，弯弯的八角翘向天外的姿态，很容易让人想象出这样的景象：东角挂日出，西角飘云彩，南角缠玉带，北角缀星斗……

作为诗人的我，多么希望能够为阿妹的八角寨写一首永不腐朽的诗，诗里有云的楼阁，雨的呼唤，树的相思，鸟的依偎……

大风吹来，阿妹的花裙子迎风摆动。我坐在她的身边，表面平静，心里却想着，阿妹的八角寨，你愿不愿意把我永远留下来？你会不会在今晚走进我的梦里来？

我承认，我已经无可救药地爱上你了。你可知道？在还没有找到通向你的路径之前，我已带着前世的热情历经了今生的沧桑。

三

那么，就让我们相爱吧，远处的枫树早已为我们拍红了手掌。

那么，就让我们紧紧地牵手而行吧，让风雨后退，让爱深入骨髓，让情浓得化不开的故事，在丰满的秋天绵延成温暖动人的风景。

天地辽阔，生命微小。光阴肯定会在不知不觉中老去。

而我渴望你的爱，如天长地久无间断的演出，永不落幕。

八角寨为证，弱水三千，我只取一瓢。你浓淡相宜的爱，让我看到了自己的纸质人生有了更有意义的远方。

八角寨为证，花香千万里，我只闻一缕。你矜持羞涩的爱，让我只想把美留下，让那些飞翔的事物，统统成为谱写专属美丽歌谣的背景。

风再起时，我不愿离开，心里萌生着拦截时间流逝的冲动。

四

在八角寨，升起一堆篝火，让火光与星光相呼应，这应该是夜晚最浪漫的事儿吧。跳动的火焰之外，梦起于热烈而狂放的内心，又止于这片火光里。

让我们随着跳动的火焰舞动吧，让你颤抖而优美的歌声驱除我所有的烦躁和忧伤。

火光，能清洗这世间所有的黑暗。

火光，能擦亮内心尘封已久的记忆。

就让我沉醉于火光吧，沉醉于被火光映红脸蛋的丹霞，沉醉于你长发及腰的韵脚，沉醉于你透着兰气的呼吸，沉醉于令我长思不绝的体香。

就这样沉醉下去，当月亮转身，当星星隐退，当太阳慵倦地睡在枝头，也千年不醒。即使千年不醒，属于八角寨的情歌，属于我们的爱情故事也一样千年光鲜。

五

又一串清脆悦耳的鸟鸣，把我请进阳光灿烂的早晨。我该离开了，即使心中有千万个的不愿。

八角寨，属于你身体下的这片深情土地，我带不走。我只有把痴心的情歌献给你。甜歌苦旅，永难相忘。它将长久地迂回在你我的心底，盘旋在悠远沉静的高空，镂刻在岁月深处的春光里。

因为动情，所以眷恋。

因为眷恋，所以回望。

回望，是一种美好。

回望，也是一种守候。

我庆幸，在丹霞不朽的魂里，八角寨赐予我的，尽是温暖柔软的时光！

荷韵三叠

一

诗歌降临的时候，荷花就开满了我年少的夏天。

清楚地记得，那时的夏天，像一本线装泛黄的诗集，封面除了富有弹性的阳光，就是那一朵朵暗香浮动的荷花。荷花，是杨万里先生走在南宋街头的脚步催开的花朵，盛大的场面，犹如赶集。

蝉声在远处。鼓动着一种情绪。

蜻蜓的梦，轻轻地安放在荷叶上。

当风儿吹来，荷花们不再是沉默的词语，它们奔放的内心，燃烧着不熄的焰火。

当小雨飘来，它们就大大方方地为我撑起了一把把缀满水珠的小阳伞。伞下的晴空，已足够我回望童年，回望母亲披着蓑衣在荷塘里辛勤劳作的背影。

还记得，那些荷花点染的弯弯曲曲的田埂，从母亲的脚下，弯向了比远方更远的地方。有时也会弯进我笨拙的诗句里。当然，最醒目也令我最为得意的那几句，胸前一定别着荷花般的红，不媚不妖。

我爱荷花，我一直在用荷花来确认夏天的身份，这样的爱似乎有些执拗和拘谨。是的，荷花们在我的心里，是一群洁雅的仙子，不管时光如何变老，只要绽放，属于她们时令的容颜，就始终鲜嫩、光滑得没有一丝令人遗憾的皱纹。以至于我这个虽有浪漫之心的诗人，到中年了，都还没敢奢望拥抱她们一下。

二

李商隐说过，留得枯荷听雨声。

与“映日荷花”的意境相比，那该是怎样的一种心境呢？

而今，我已无法与商隐晤面秘谈。但我始终认为，千百年来所有人对其诗句的解读，可能都不是他真正需要的答案。那也许是他自己当时的一种兴致罢。哪怕这种兴致少了点温度，多了点忧伤。

至于我，还是喜欢荷花们热热闹闹、随意挤满田垄的景象。

阳光下，她们并不张扬的生命，却在悄无声息地孕育着莲蓬。打开花托，莲蓬就展露出来了，莲房里缀满了或青色或黑珍珠般的果实。我认为，花下的每一个莲房都布满了锁孔，而每一个锁孔，都充满了甜蜜、真实的爱。

月光里，去看看荷花又有何妨？风送清香，星河璀璨，寥落的心情将不再寥落。就连生怕惊扰了花儿梦乡的脚步，也已在不知不觉中涂满了皎洁的月色。

阔大的水塘里，荷叶飘摇。

这种飘摇，不是流浪式的动荡不定，而是一种悠闲自得的舒展。

带刺的荷杆探出水面，这也许是一种即将行军的姿态，抑或是荷塘众生的人生坐标。

而在我的眼里，那些刺，是绝不会弄疼了回忆的，但能给人以必要的警醒，也能穿透尘世中的欢乐与悲伤。

三

在岭南，绵延唐宋千年的潇贺古道上，生长着一个叫秀水的村庄。

村庄里的秀峰下，有一座历经风雨的状元楼。我去拜谒的时候，荷花已安静地开在了状元楼前的天井里了。天井，也算是荷塘吧。方寸之间，荷叶田田，如丝织锦绣，层层叠叠，满眼碧翠。

这里的荷花似乎很有灵气，开得甚少，几乎和古朝高中皇榜的状元、进士一般，屈指可数，凤毛麟角。

尽管开得少，却有精气神。她们昂着粉红的头，在烈日下将倒伏的荷影徐徐扶起，苗条的身材吐出了好闻的清香。她们以风为号，自由自在地舞蹈，不为任何一双欣赏她们的眼睛而存在。

“出淤泥而不染，濯清涟而不妖，中通外直，不蔓不枝，香远益清，亭亭净植，可远观而不可亵玩焉。”吟诵着这段关于荷花的千古名句，自然而然就会想起其作者周敦颐先生。

当年，先生游走四方，沿潇贺古道来到桂岭，与贺州结缘。今日之贺州人常引以为豪，仰慕先生一生清廉，一生著书立说，一生以莲自况。

斯人已去，荷叶下竖立的骨节依旧，枝叶间呈现的花容依旧，天地间传颂的坚贞品格依旧。属于美丽南方的时间可以证明，爱莲人留给后世的，除了无限的辽阔，没有丝毫的叹息。

我知道，人世间的山山水水，是不可以用来交换的。

但我也想像先生一样，与荷为伍，一生爱莲，相看两不厌。

一首老歌伴着一壶老酒

思乡的夜晚，寂静得好像全世界只有我一个人似的。窗外一片漆黑，我不想点灯，室内也是一片漆黑，我喜欢在黑夜里独自想着白天的故乡。思绪飘飞，村庄朴素的面容和母亲躬耕稻田的模样，都一一清晰地浮现在眼前，配合着这静夜的黑，如一帧帧黑白老照片。

这样的夜晚，寂寞而又漫长，没有人能想象我坐在书房一动不动的情景。睡不着，干脆不睡了，就让一首老歌伴着一壶老酒渡我回乡吧！

歌声起了，月亮在韵味悠长的歌词里穿行，在白莲般的云朵里穿行。故乡高高垒起的谷堆，一串串挂在矮墙上的红辣椒以及石碾里的糯米糍粑，在月色的辉映下，已成为大地纯正的秋色。秋色的边缘，母亲安静地坐在谷堆旁，给我们讲那些过去的事情。一遍遍，过去的事情，在老歌里打满了补丁，有些我是认不出来的了，如母亲菜园子里那些卑微的草。

在这个世上，母爱恐怕是游子眷恋故乡的唯一根源。

自从母亲把我带到这个世上的那一刻起，母爱就以水流淌的方式，把唠叨、眼神、炊烟、牵挂等因子，完美地植入了我的心田。从此，不管我走到哪里，故乡和母爱都在我的行囊中。哦，故乡因母亲而温暖，母亲因故乡而高大！

向母亲，向故乡表达爱和思念的方式有很多，我想母亲、想故乡的时候，就爱听像今夜这首循环播放的《听妈妈讲那过去的事情》。这首老歌是母亲在我年少时教我的，老歌里有母亲的身影，老歌里有故乡的气息，几十年了，一直都萦绕心头，难以忘怀。

父亲是个能干的人，平时极喜酿酒。不管是红薯酒，还是苞谷酒，在他的操持下，即使盛在再粗糙的碗里，也会变得醇香盈盈。

老歌迈着舒缓的调子引我几杯酒下肚后，乡路便高高低低从我的醉眼里铺展开来。父亲站在乡路尽头的村口，大大方方地唱着令树叶听了也会害羞的山野情歌。父亲是从成都某部队转业回来的，当时部队要留他，可他说舍不得故乡，舍不得母亲和我。

父亲嗜烟。呛人的旱烟锅，可以点亮天上的星星。

父亲性格刚烈，如我今夜喝的老酒。离开故乡许多年后，记得有一次回乡看望二老，走的时候，父亲置办了一桌上好的酒席为我饯行。酒过三巡，父亲突然拉着我的手哭了，哭得像孩子。我有些惊惶失措，有些羞愧难当。原来，对于父亲，我还是不懂的。外表山一样刚强的他，内心布满了柔软的月光。

今夜，一首老歌伴着一壶老酒，带着我的思念沿心灵的向往处又回了一趟故乡。感谢老歌，感谢老酒，我愿就此在感恩中酩酊不醒。

哦，母亲如歌，父亲似酒……

新年的钟声

所有的庄稼所有的树木，所有的炊烟所有的河流，都沿眼睛所及之处轻盈地飞翔，新年的钟声，就在这飞翔的过程中，从乡土的民间而来。

我属于最早看见春天到来的那批人，沿着古老的村道，我想象漂泊，想象那富有弹性的阳光。

我已听见那嫩绿的钟声驾月光而来，踏露水而去。因此，我很关心天气，就像关心这新年的钟声，新娘一样款款的脚步。步履声中，我听到一种力量的音乐缓缓而起，如芳草鲜花开遍指头数过的节令。

这新年的钟声，弥漫着所有的鸟语，我就静坐在季节最初的封面，用质朴的诗歌吟唱着大山里祖祖辈辈膜拜的太阳神，吟唱着人们和春天一样忙碌的身影。

给我犁铧吧，给我灵秀的笔，我愿用自己的双手描绘闪烁于叶间的果实，在你铿锵的韵律中唤回所有叠彩的往事。

青睐与眷恋

一

大风吹着我的纸上人生由北向南，在如黛如绸的山水间，我与荔浦相遇了。相遇的简单时间节点，竟成了我生命中无法婉拒亦不可或缺的驿站。接下来，便是情愫绵绵滋生和你情我愿的长久厮守。再后来，青睐与眷恋很自然地成了我为之沉醉的关键词。

存在也许是一种苦难，眷恋也是一种人世的磨炼。在荔浦，我庆幸可以用分行的文字，向自己讨要一曲灵魂深处的歌谣。那个存在于想象中的虚幻的我，那个存在于现实中被日子磨损得有点麻木了的我，像白昼与黑夜，交替着、对立着，也和谐着。因此，在这里，面对绝世的风景，我无意说出与它的过去和现在，也无意说出它的未来与恒久。我只是惊羡于这块土地的神奇，惊羡于它山水妩媚无边的契合。

在心里，我早已把荔浦当作故乡了，这是命里的一个定局。我知道，那些看得见的、看不见的事物，其实都是我们自己本身。就这么过下去，无须感叹过往，时间是一把梯子，年龄一格一格地往上长，生命一格一格地往下落，一切的一切，都会在时间的怀里循环永续。由此我坚信生命的轮回，也坚信，时间会在岁月的枝头说话。

二

与时间搀扶着一路走来，我内心的山河一直秩序井然。

到了荔浦，我发现盛夏铺开的田野，是一本淡雅脱俗的线装书。

线装书里，故事林立，芬芳的气场令我心潮起伏。首先映入眼帘的，是那无边无际从四面八方赶来的荷花，它们有滋有味地开满了这个季节的扉页，汇聚着天地灵气，散发着迷人清香，十分的养眼。

记不清与荔浦当年相遇的情形了，只记得那时花开，风儿穿过岁月的发梢，帮我叩开的门扉是绿色的；只记得那时置身花池，心就不自觉地跟着荷叶上的水珠摇曳起来。这么多年来，我梦想着自己也是那清荷一朵、露珠一滴，和它们一样在自己的领地欢快地舞蹈、热情地绽放。

那一刻，小雨点一定止住了脚步，路人的笑声铺满了曲曲弯弯的田埂。

那一刻，朴素的村庄掩映在绿色的空气里，藕农们浓妆淡抹的梦也开始变柔软了。

那一刻，一场荷花的盛世繁华诗意般徐徐打开，我感觉自己的笑脸和阳光一样灿烂。

三

荔江湾，一个把青山随时都抱在怀里做梦的去处。

在阳光的指尖上，它表情丰富地波动。还有什么绿让人如此彻底地忘记红尘俗念？还有哪一种平静像这江面一样深入骨髓？这片水域，让我相信所有的落花并不悲戚，正如结满愁绪的我的内心并不感到孤独一样。

潋滟的波光里，一些梦在水鸟的翅膀上起飞。这使我想到飞翔的石头以及歌唱的云雀。我的歌唱始于荔江湾里的一株水草。一些草籽开始飘落，扎根于岸边的泥土。而我是漂着的，在小小的游船中，把一些关于岁月的感慨抛进它绿色的水波。那些悠闲自在游过的鱼儿，仿佛并不知道我的入侵。它们愉快地游动，鳞片闪着银光。我想到瓷器的光芒，易碎的、会发出声响的有如诗人般敏感的身体，刻写着关于土窑或者手工者的痕迹，也镌刻着一些不为人知的泪水。这些自由穿梭的鱼儿的尾鳍，牵动着我的视线，也带走我的一些怅惘。如果可以融入到水波深处，我相信自己也是它们的同类，躲避着岸边人的垂钓，又沉醉于自己遥远的梦里。

哦，荔江湾，云水的精灵，能够超越灵魂，也能到达尘世的烟火之上。

四

说起味道，每个地方的每个人都会有自己的理解和体会。

仲秋时分，天空瓦蓝瓦蓝的，空气中弥漫着成熟的气息。久负盛名的荔浦芋，也在这个季节不动声色地悄悄上市了，我对这个选择在荔浦安身立命的物种有着一种特殊的感情。这种感情带着虔诚的色彩，每当看到荔浦芋，我的内心便不自觉地长出属于自己的庙宇。言及其香其味，听着“深夜一炉火，芋头香又热，全家团团坐，天子不如我”的民谣，我便魂不守舍，如供奉自己的佛。

自然的恩典，除了这长在地里的味道，还有挂在树上的味道。

挂在树上的味道，是长相如红灯笼一般诱人的砂糖桔。种植砂糖桔的荔浦人已近乎于疯狂状态，餐前饭后交谈的话题都是这浸透着甜蜜的事儿。我也毫不例外，分享着他们的甜蜜，就像冬日里分享着阳光赋予的温暖，就像一棵结满砂糖桔的树也长在了自己的身体里，幸福感次第而生，连绵不绝。

当然，更绝的味道，当数文场。

文场，荔浦特有的一种曲艺表演形式，属“古树”级别。荔浦文场类似于江南的丝竹，尽管流落民间多年，但我依然能从她与生俱来的宫廷音乐范儿里，听到它前世的奢华与雅致。表演者在演唱同时还兼操一件伴奏乐器，在扬琴、琵琶、三弦、二胡、笛子、云板的声韵中，我时常能听到寂寞深处摇曳的乡愁。

五

荔浦美，美在自然的山水之间。荔浦美，美在勤劳的心灵之上。因为美丽，所以青睐，因为动情，所以眷恋。

又一个草长莺飞的春天来了，是谁在江南之南的画廊里撩拨我的春梦？

思念在心底发芽，蠢蠢欲动的心思无论如何也遮蔽不了了。

那就来一场绵绵的斜风细雨吧，把我密密地织进那美好、明亮的风景里，和幸福安详的流年撞个满怀。

接应春天

从最后的冬日，我们走进庄重的黄昏。

在离沉默最近、离誓言最远的地方，聆听自己、聆听水中飘荡的那一首悠长的民歌。

在民歌的深处，目光的雨水，接迎着春天自辽阔的晴空驾祥云而来，那种姗姗的姿势，令季节枯瘦紧闭的双眼在我手指沉重的河流中悄然醒来。

于是，我站成一棵野性的榕树，让你风雨多情的脚步在黎明寂寥的歌唱中临摹成诗。

于是，那蜿蜒的清清潇水河成了你我与春天相望的唯一根据。

因为春天，我记住了所有花朵的名字。

因为花朵，我保留了所有的旧历，在春天无声的序列中怀念属于它们各自芬芳的月份。

坐在百叶窗下，我尽力地逃避水中的影子和纷纷离去的日子。那扇关紧的大门却无法抵挡地平线那一抹青翠的魅力，刹那间，一朵杏花的清香已平静而热烈地穿过墙来。

爱情，在空气和诗歌中永存。

在春天的氛围里，我们接受音乐忧伤的抚摸，一切的一切，都源于那井边淡蓝清凉的早晨。

接应春天，我们唱着泥土之歌随蜻蜓舞蹈，去拾回童年嫩嫩的草帽。

日　子

我的声音和脚步常常流浪在大瑶山古老的山道上。

至今，我也无法说清，我对大瑶山若即若离的情感。

我来的时候，大瑶山从容不迫，端出一碗碗醇香的糯米酒，把荡气回肠的敬酒歌唱得情深意长；高高的凤尾竹，在岩鹰盘旋抒情的地方，秀发飘动如云。

离开的时候，沱江送我一程又一程，我便把难舍的爱意用时光编织成梦，放逐山野，任凭不息的松涛折叠成长久的思念。

大瑶山的日子，每一天都如流水，流过瑶哥哥褶皱的村落，流过瑶妹妹桃花般灼艳的唇际，流过青苔难以遮盖的苦难和幸福。大瑶山与世无争，自采的草药和生存的顽强信念可以包扎和治疗世外桃源的任何伤口。夜深了，老阿爸的旱烟锅点亮的繁星，像一颗颗闪亮的珠子，缀满了天空的盘子。篝火生起来了，白晃晃的月亮爬上了山尖尖，那首经典的瑶族舞曲便在姑娘小伙的簇拥下，旋转出对生活的热爱，飞向爱人甜蜜的心窝。

瑶胞待人接物都十分厚道，那种厚道如香茗，如甜蔗，如陈年的老酒。

俗语说，日久生情。

在大瑶山待得久了，对于我这个自称诗人的游子来说，无论别离还是相守，浓情化不开的日子，都将是一枚含在嘴里咽不下吐不出的相思果。

我可以失去一切奔腾的河流，可以失去一切动人的语言，但不能失去瑶人赋予的温暖与激情。

如果失去了这些，想起大瑶山的日子，便会于心底涌起一层层落叶般的伤痛。

第二辑

山水清音

我们虽相隔遥远，

可山水是相距很近的呀。

山水谣

在清清的潇水河以西，你说你喜欢听艄公粗犷激昂的号子，听着听着，自己也会跟着艄公野性的调子哼将起来。不远处，水车咿呀，好像在为你轻轻伴奏。你说那种感觉美滋滋的，风起的时刻，歌子便会绾着浪花的愉悦，轻轻地跃入水中，化作一尾尾精致的小鱼，一枚枚闪光的珍珠。

我站在山岚雾气里，站在巍峨的阳明山上。这里下雪了，到处是松软的晶莹。红狐狸从雪地里走过，白色鸟从竹林里掠过，我都不经意，我只盼望春天到来，采撷五颜六色的音符递给你。

我采的音符，是缱绻无穷的相思，我多想你能将它迎上你的船舷！

我们虽相隔遥远，可山水是相距很近的呀。

阳西九拍

一

粤西的南海之滨，住着阳西，住着我至爱的友人。

与粤为邻的我，和友人的相识是从桂林阳朔开始的。友人年少时，从千里之外的阳西来广西创业，而其创业的某一支点，就在闻名遐迩的阳朔西街。从广东到广西，来来回回，不知疲倦，友人似乎从来就没离开过与他生命相关的阳字和西字。因此，从字面上理解，我常常固执地认为，友人是背着故乡行走的人。

因了友人的盛情邀约，想都没想我就去了阳西。是的，生命中有些邀约，是不容踝躞和迟疑的。

和阳西的确是有缘的，自打认识，她就以养在深闺的姿态，深深地种在我心里了。我在相信这缘是命里因果注定的同时，也相信生命是有轮回的，像海潮循环起落，抑或日子呈现黑夜白昼那般。不然，我怎么会乐于在阳西和阳朔西街之间一次又一次往返？这种因缘而起、因缘而反复重生的诗意流连，大概也可算作是现实生命中的另一种轮回吧！

二

被民歌眷恋的南宁，常常有刚过冬天就直接进入夏天的感觉，今年更是如此。春天哪去了呢？不见踪影。寻思数日，遂有了春节过后就结伴去阳西寻找春天的念头。

你还别说，阳西还真有春天，春天就在禅音缠绕的大垌山上。上得山来，嫩绿的空气夹杂着泥土的芳香扑鼻而来，树上开满了此起彼落的鸟鸣，阳光有意无意地从树叶间筛落地面，调皮地织出些象形图案……此时，望着蓝蓝的天，想着远远的人，抓一把蓬勃的风捏在掌心，定然惬意满怀，哪怕感悟人生片刻，也觉幸福无边。沿百年古刹净业寺转悠几圈后席地而坐，闭上眼睛，还可穿越时光的隧道，回到明朝去感受古意的民间，让梦随那袅袅香烟在驻扎了千百年的峰麓间尽情荡漾。

我知道，在光阴中寻找或追忆前生的遗迹是有些困难的。但对于来世，我无论如何也要写下眼前这草木初醒、山溪喧哗、白云闲步、桃花怀孕的早春，写下这份与春天邂逅的浪漫和惊喜。

三

人，有时候是依靠想象活着的，特别是在这滋生万物的春天。

一把巨琴，寂寞地横在飞瀑流泉的罗琴山上，是在等候知音弹奏么？那份矜持的期待，已被深深埋进石头的梦里。罗琴山，前身肯定是貌若天仙的优雅女子。

置身于这样绝美的境地，尽管当年“罗琴雅操”的美妙景象早已荡然无存，你仍无须感叹。只要你屏住呼吸，凝神想象，那操琴的女子定会在你眼前复活，泼舞蹈的春水自由自在地沐浴，蘸娇羞的夕阳无拘无束地梳妆，光洁如玉的皮肤吹弹可破。

而此时，云很镇静。

琴声起处，你斗胆和歌一曲又有何妨？

四

在阳西阅读春天，一点也没有在外乡漂泊的感觉。

漫步早春的盐碱地，偶遇无需照顾的小花，你可以随意地取出词语，赞美坐在河床上的安静的阳光。猛一抬头，那些模样接近城市的崭新农庄，正在风声摇过集市的叫卖声中悄悄拔节。置身酒旗飘扬的集市，富裕的老乡怀揣幸福的山歌，一首接着一首哼唱。火热的交易场面，善意的家长里短，容不得你有时间去想那些凋零的往事。

如一首踩着鼓点的民歌尾音，喧哗过后就是寂静。在炊烟芳香的引诱下，黄昏拉着夜的衣袖，缓缓靠墙。

今夜放牧星星的月光，将照抚我曾经彷徨忧郁的心！

五

在晚风中尽情地喝酒，与月亮一次又一次地豪爽干杯。心胸宽广的阳西，任由我们猜拳喊码，打闹嬉笑。如梦的青山，安静本分地立在远处，默默分享着春天赋予我们的童真般的快乐。

兴致高处，友人提出再去温泉看看。温泉，这一笔一画都透着灵气和水珠的字眼，令人酒醒，令人心动。

别具一格的阳西温泉，含有天然的高密度氯化钠，是世上极为罕见的咸水矿温泉。这升腾着热气的矿泉池，它的前生今世经历了怎样的流逝和漂泊呢？没有回答，我也迟迟不肯进水。的确，这很容易让我想起故乡，想起母亲为我专制的泡澡的木桶。我不想入池爽身了，生怕一深入那柔软的温暖，就会被触之即痛的乡愁淹没，再也捞不上来。

伴友在尽享老天的恩赐，而我依然在池边若有所思地来回走动。喃喃念着自己的乳名，心中默想，要是阳西能在此刻变成故乡该多好啊，这样，在母亲略显斑驳的檐下，我就是那只刚刚归来的燕子。

六

又一个朦胧年轻的淡蓝早晨，让昨夜的困倦消失在风中。

突然想起曾在唐诗里读到“润物细无声”的诗句，由此我推想，春天到来的整个过程就是无声的。不信你抬头看看天空里那些候鸟一样迁徙的白云，即使今晚打算在阳西落脚，它们也绝不会向任何人吱声。

如果可以，我要让一切慢下来，包括树林的歌唱和春天翻新的脚步。我要在时间慢下来的缝隙里走向大河，去研读大河的向往与流韵。

丰头河不甘寂寞，从鹅凰嶂离家出走，由北往南一路环佩叮当。她要抛弃世俗，去海陵湾与南海约会，健康快乐的子女沿途馈赠，呈扇状起伏于阳西日渐丰腴的胸膛。而儒洞河却一反常态，只在阳西的怀里含羞地流淌。我知道，她需要借我的诗歌为媒，试探对岸诚意的深浅，然后以丰厚的嫁妆，仔细打量电白那迎娶新娘时脸红的模样。

呵，包容、智慧、开放的阳西，她与春天无声的默契程度令人惊叹！她看管如儿女的河流，无论私定终身也好，还是媒妁嫁娶也罢，一切都会在不动声色的流淌中迅速完成。

七

迷恋阳西，我不能不说海。

在我看来，海，不仅仅是阳西的名片，更是阳西人不可或缺的生命线。

一阵风，在渔民的引领下向我煽情地吹来，带着海特有的咸腥味。我选择沿上洋镇至河北村的路途，以鱼的姿势靠近南海日夜澎湃的胸口。

金色的阳光、柔和的沙滩、蔚蓝的天空，以最快的速度映入眼帘。漂亮的度假村在前方招手，灿烂的微笑在广告牌上盛开，穿梭的人流，汇织着各种方言，似在充分肯定旅游的价值和成功的运作。

春天的海，有着不同往日的深蓝。潮汐簇拥的这种深蓝，似乎在酝酿一种汹涌的情感。一排浪打过来，又一排浪打过来。波峰浪谷间，海，练就了深沉。而我，练就了勇气和坚定。

一只海鸥，在寻找亲人。我，在寻找红树林。

红树林，在不远处，正用顽强的生命书写着一部人力无法企及的生态传奇。

八

沙扒，旅途中必经的地名。我不嫌你略显粗糙的名字。

你还认得出我么？认得出么？那个曾在月亮湾追逐浪花的诗人。

今天我又来了，我来的目的，就是为了要告诉你，自从上次见你回去以后，我每夜的梦都布满了光鲜的水纹。

我在码头品味海风，留影合照，倾听海的喧嚣和浪的欢歌。我小心翼翼地爱着这里的一切，像一个醉汉扑倒沙滩，在飞起又回落的眷恋里，敬仰着心跳的赶海。我知道，那些波光粼粼、层次分明的水纹或鳞纹，是渔家人演奏生活的永恒道具。

沙扒，我还要告诉你，当我再次与你擦肩，我们互赠的眼泪，定会串起一颗颗缄默的珍珠。而从月亮湾流过的，不仅仅是流年生出的时光，不仅仅是挚爱生出的明眸，更是一种颠簸起伏、永不停息的难舍情思。

九

作为诗人，我能不能夸下海口，把阳西的海域，说成是自己抒情写意的墨池？

我想应该是可行的，阳西人一句漂亮广告语给了我明确的答案——“山与海的情怀，你和我的阳西”。

还有谁能够像我一样，对你如此地亲近与钟爱？还有谁？

即使明天远行天涯，我心底的献诗依然会用你高高涌起的波涛分行，而韵脚肯定是那雪白雪白的浪花……

湘西凤凰

一

凤凰，是一座古城。

凤凰古城在浓妆淡抹的湘西。湖南人说，为了你，这座古城已等了千年！

千年一梦，飞檐斗拱的朝阳宫可以作证。

一梦千年，迷雾遮面的南长城在崇山峻岭间若隐若现。

那一年一年涌动着豪迈的沱江水啊，从唐朝流到今天，江面上寄托着湘西多少情思？又承载着黄丝桥多少辉煌和向往？

我来的时候，燕子正掠过纷纷盛开的雨伞；匆匆行走的斗笠，遮住了彼此的容颜。

二

长发飘逸、明眸含情的女子，在你不经意的时候，就悄然绽放在那一首热烈奔放的民歌里了。面对宽阔的河面高唱：哪个来背我过河嘛？——我来背你嘛！岸上拥挤的男声不约而同地齐答。这时，沱江河悄悄地滑过我的手指，躲在鱼鹰的翅膀下狡黠地笑。

沱江盈盈，渔歌唱湿了我的眼睛，橹上的浪花，照亮了春天的夜晚以及夜晚深处的新娘。

斜风细雨，是一句句生动的鸟语，刻写在湘西凤凰的额上，敲打傍岸生长的竹叶，不时溅起一些欢快的句子，同时也溅湿了我且歌且走、走了还禁不住回头热望的山野星空。

三

岁月悠悠，厚德载物。

云低垂，山依然站着。

请打开你的花瓣和梦，弯月般的船舱定会走出如月的沱江，在你的目光中波动，在我的诗句里荡漾。

请敞开你多情的眼帘，只有你的眼睛才能点燃我漆黑的夜晚。我的夜晚啊，在你的怀抱里浸润发芽；我的幸福啊，在爱情的光芒里泪水充盈。

一座吊脚楼，就是一首吊胃口的诗。它临水的样子，无论白天黑夜，无论四季轮换，都是湘西凤凰飞翔的无法翻版的绝唱。

四

凤凰在上，江南的肤色，犹如沱江这靓丽的春水。那水一样身段的女子呵，曾经带我展开追梦的旅程。从此，我就成了湘西怀里走失的那一粒朱砂。

阳光照耀浮云的影子，照耀我的影子，徐徐落在水面上。浮云盛开的倒影，身姿绰约如莲，而如今的我，却像失魂落魄的游子，借着流水的气息逐渐接近故乡。

越千嶂，涉万水，归乡的路总是那么漫长。而一旦归来，我又觉得踩在石板路上的脚步有些沉重。

那一叶忽远忽近、浮游江心的扁舟啊，但愿你归泊的桨声，就此划开我寂寞的心房，就此打开我多年不亮且有些沙哑的歌喉。

五

梦幻和现实共同呈现的边城，沈从文和黄永玉，已成为湘西蜚声世界的名片。

文化，就是历久弥坚的生产力。

快拿些酒来，我要涉江祭奠早已故去的沈从文先生，昨夜我在边城的梦里，看见了寂寞行走的翠翠。

快拿些酒来，我要和日月一起醉在这钟灵毓秀的“鬼才”故里，醉在“相逢欲相唤，脉脉不能语”的中国画乡。

诗意丽江

一

形似碧玉巨砚的大研古城，没有围墙。在没有围墙的古城里做梦，是一件极其奢侈、幸福的事情，因为梦境可以辽阔得无边无际。

半个月亮，从一首古老民歌的低声部爬上狮子山头时，家家流水，户户垂杨的纳西人便开始为良宵准备盛宴了，那些烦琐的心事，早已被《丽水》金沙漂洗得无影无踪。

在灯火面前，一切的陌生都变得熟悉，一切的熟悉又变得陌生。

一个人在古城里慢慢行走，木府在不动声色中就成了我人生的一个标记，高出春天随意疯长的森林，高出尘埃垒起的无声岁月，高出低调的白云托起的缕缕乡愁。

二

起初，我并没有怎么在意。

自打认识丽江以后，我从来就没敢忘记她。

在离开她的那些日子，她也是我心底珍藏的唯一向往。

我向往玉龙雪山洁白的覆盖，向往云杉坪摄魂的宁静，向往纳西古乐吹响夜色，送我甜蜜入梦的那段丝丝入扣的优雅……

更多的时候，我向往成为黑龙潭里的一条鱼。那里的鱼被尊为神鱼，不为人扰，不为物获，悠闲嬉戏，自由自在，活得极富尊严。

三

筒车咿呀，声声都踩着阳光密集的鼓点。

流水潺潺，步步都牵着月光娇媚生辉。

熙熙攘攘的人群，从四面八方赶来，用热眼温唇吻醒了丽江寂寞的容颜。

我也是其中的一个，一个快步走过青春孤独走廊的诗人。你看到我了吧？如果没有看到，我可以踮起脚尖，如你岸边梳头的柳丝，在你的视线里落落大方地摇手致意。

今夜，我想借你的披风上路，随星光擦去锈迹的记忆，在历史的某个拐弯处，倾尽所有，收藏用东巴文字写就的所有浪漫情歌。

情歌起处，一座由风架起的心桥，便会从我困倦的眼帘铺向你无限温情的心海！

四

我的自信，来自风度翩翩的玉龙雪山，来自纳西净地和走巷穿户的玉泉水。谁也无法说清永远到底有多远，谁也无法道明有多少爱情可以挽留。我只知道，在丽江柔软的怀里，我可以从容地放下行囊，可以像归巢的鸟儿收回流浪在空中的脚印。

虎跳峡上空游弋的白云，如一袭素装女子，除了喜欢随风凌空舞蹈，还常常把自己的倩影挂在飞泉流瀑中梳洗、冲印。春天，是一幅巨型的润绿丝绸，而玉水寨的蝴蝶们，在临水的草丛中如梭般上下翻飞，仿佛要用有限的生命，织绣出人们心中挚爱的锦绣高原。

一朵不知名的小花，低矮地开在我来时的路旁。我也愿意低矮地和它坐在一起，和它交谈那些卑微不屈的事物。

五

泸沽湖，一张生动而神秘的名片。

泸沽湖，另一种世外桃源的原创版。

站在时光的背面、依着那片蔚蓝的时候，我想，今生今世，哪怕在千里之外，我无论如何也走不出你的体香了。尽管在迷离而又扶不稳的月光里，我只是那一颗空心的糖。

茶马古道

兴于唐宋，盛于明清。

茶马古道，是遥远而勤勉的马帮用血和泪，在滇藏高原的肚皮上刻画的永恒标记。

只要走在这曾经布满辛酸和艰险的古道上，就能依稀看到成群结队的马帮身影，聆听到公元六世纪因商缘起的马铃叮当……

历史早已在尘埃中安静地睡去，这崎岖而又充满阳刚之气的古道，却依然可以见证当年厚重的辉煌。

茶马古道，一条承载理想与希望的道路。

茶马古道，一条书写创业和传播文明的道路。

茶马古道，一条追逐日月，通向世界，展示华夏古国气质的道路。

起风了，这里的每一颗沙砾都延展着这古道的生命，每一片树叶都记录着这古道跋涉的故事，古老而年轻的索玛花，依旧在风中歌唱，依旧在顾盼的枝头摇曳那些陈年的邀约。茶马古道啊，你陡峭的美、蜿蜒的美、包容的美、智慧的美以及眺望远方的美，在不知不觉中，就疏通了我仰望你时的灵魂。

雨来了，我的诗歌打开了内心的阳光，我要借助闪电的光芒擦亮你斑驳的容颜。然后，虔诚地面对你用拼搏、奋斗铸就的丰碑，在麻木中醒来，在无知中悟觉，在太阳雨里沉醉，在明月清风里沐浴和尽享你往昔的荣耀与光辉。

今夜是缄默的，美妙和沉静同在。

今夜是沸腾的，追忆与遐想共舞。

我赞美啊，茶马古道就是那缠绕在滇藏大山身上的金腰带！

我渴望啊，渴望我的生命在那根金腰带的引领下，紧贴江山的断面跌宕起伏。

喝下一杯又一杯苍山雪、洱海月酿就的烈酒后，趁着微微的醉意，我看见了自己的前身。我的前身啊，就是茶马古道上驮着茶香行走天涯的马匹！

荔江湾

河流是有生命和灵性的。我心中的荔江，年复一年，从未停止过流淌和抒情。

谁说河流是个永不回头的孩子？荔江湾，就是荔江高歌千里驻足回望的地方。驻足回头意味着什么呢？在我看来，那是一种低调的眷恋。

在荔浦生活的那些日子，每一天，风都会从十指流过。当三月的雨水布好一幕幕良辰美景时，荔江弯弯，蜿蜒在我的梦里头。而梦里枕着的，尽是它粼粼的波光和柔软的水草。

微风吹来了，有月的夜晚，星星落在水面上，闪着碎银，整个荔江湾犹如一个硕大的银盆。那如梦的青山也不甘寂寞，拽着我忽远忽近的思绪潜入水底，巡回汉朝……

在九月阳光明媚的日子，带一本泛黄的诗集去荔江湾垂钓，一边读诗，一边钓鱼，不管是否能钓到鱼，要的是那份放逐乡野的惬意心情。不远处，花香渐浓，凤尾竹飘动秀发，任江水尽兴梳妆。

当然，心情不爽的时候也要去荔江湾。此刻的荔江湾，收起了往日的笑容，舟楫无语，江水静流，似乎在用缄默陪我幽坐，似乎我的心事，只有它才能真正读懂。

就这样，我和荔江湾朝夕相处，我发现我已很依恋她了。

就这样，我和荔江湾相依为命，她已成为我生命里不可或缺的温柔部分。

我是一个流浪的诗人，正值英年，却常常想到百年以后的事情。百年以后，如果能够得到上苍眷顾，让我与这等美景相伴，灵魂就真的没有淡季了！

荔江日夜不停地奔流，到了荔江湾的拐弯处，行速明显放缓，通过短暂的歇息、调整和迂回的眷恋与思考后，马上漂亮地甩尾而去。河流尚如此，一个人在面对坎坷和逆流时，就更应该做出正确的选择，只有冷静思考后做出的抉择，灵魂才会有更为美妙的下一个出口。

河流自有河流的眷恋，荔江湾用痴情丈量我留在它两岸的青春。而我，对于自己的钟爱，也会用我自己的方式对荔江湾表达倾情的爱慕，尽管我那蹩脚的分行文字，不能对她做出完美的诠释。

我想我这辈子是无法忘记荔江湾了，无法忘记它的包容与睿智，无法忘记它的沉静和思辨，如果忘记了，那么以后所有的日子都将遭遇陌生。

荔江湾，漂泊旅程中我情有独钟的码头啊，在梦里眺望你的时候，我已把你当成故乡，我多么希望坐在那里的人，永远是我。

金鞭溪

从土地垭到水绕四门，金鞭溪，随山而移，婉转穿行在峰峦幽谷之间，迤逦延伸于鸟语花香之中。

就这么一条柔软中蕴含母性的小溪，名字却来自站在溪边抚云摘星的金鞭岩！

就这么一条用潺潺歌声叩开我心扉的小溪，让我领略了世上最美峡谷的风度。

一次寂寥午后的简单邂逅，一段风尘岁月中小小的插曲，我接近了一种充满暖色、不可复制的灵动和神韵。

面对绝世的清流，面对这娇媚的姿容，柔曼嫩滑的肌肤和随风款款舞动的绿色裙裾，我无法拒绝，也不想拒绝，我宁愿赤裸裸地跌入那令人不能自拔的万丈深渊。

云和月，跌落在你的怀里，我没有听到一声叹息。

山和树，眠入清流，任飞鸟使劲地叫唤也不愿醒来。

而鱼的嘴唇在逐步接近夕阳的光辉，水草在我的注视下，撇下救母成名的沉香，若无其事地做着自己远行的幽梦……

金鞭溪，一个任思绪飞翔的画廊。

金鞭溪，一个没有忧伤和疼痛的静处。

金鞭溪，一个让名利搁浅并无处藏身的所在。

我不想收回我的目光，我不想用匆匆而去的脚步，演绎心酸的离歌。如果生命可以重来，我会选择化成一节陪伴你轻吟浅唱的音符，然后，将我的乡愁、欲望、青春和灵魂，统统交给你，在金鞭和流水的真实缠绕间获得纯真的永生。

在济源

一

王屋山，与绵延八百里的太行山紧紧相依。

王屋山，这王者之屋，自黄帝在此设坛祭天，九州同梦，天下归心。从此，一代名山显赫的声誉，携暖暖的春色一路扶摇直上，撇下无情的剑刃和盔甲，伴五千年岁月，贯穿了一部浸润风雨的线装史书。

那时的天空与大地是多么的辽阔啊，连苍茫暮色也辽阔得无边无际。当轩辕的马车越过济水，花草伏地，山岚起舞，所有的渴望、所有赞颂的词语，于瞬间，都化成了浓香的烈酒。

九曲黄河，从天上甩下来，甩成一条玉腰带。那腰带上缠绕着一首首奔放的民歌，民歌的深处，泛起一阵又一阵被风吹动的情绪，历史般厚重的情绪。

王屋山，仅仅是一座山么？天下王屋，你灵魂的大锁，并没有锁住陈旧的时间所繁衍出的那些殷红殷红的锈斑。帝王遥远的坟墓，无需拜谒，那只是历史留给后人隆起的记忆。而活了千年万年的王屋山，在众人的心里，依然高高地耸立，耸立着一个民族豁达自信的誓言。

二

我来的时候，正值深秋。

绵绵的雨水，打湿了仆倒在窗前的红叶。尽管寒意袭人，王屋山还是欣喜地扒开云团，用足够的热情环抱我。在来的路上，我就已经认定，你就是我心中的灯盏，我会沿着你身体的节理，深情地奔走，尽量让自己的呼吸和自由的心灵，紧挨你头颅擎起的那一片蓝天。

此时，来一杯红酒该有多好，除了取暖，我还需要这杯红酒与王屋山勾兑情感，稀释相互之间因年代差别而形成的隔膜。我需要透过这杯红酒的玫瑰色，看见许多和我一样灵魂赤裸的游子，如何贴近母亲宽厚的胸襟，看见秋天里思念母亲的点点泪水，于梦中惊飞了的几只花喜鹊。

王屋山，站在你的面前，我不再用卑微的心态斜视自己。我的梦有了实际意义，你给我的世界划出了明晰辽阔的疆界，让我的血液涌动着浓浓勇气。在太行、王屋之间，我那些等待与爱人相遇的诗歌，潜入风月无边的夜晚，随时都可以任性地逾越寂寥的悬崖和忧伤的流水。

三

在济源，阳光的手，是大手笔。

当光影从婆娑的树林中倾泻在大地上，便创作出了一幅幅移动的线条画。

线条画里，大道如虹。在历史的拐弯处，在暖色调铺排的韵律中，携智慧的阴阳两极攻占峰峦的顶部，直达你我最初的家园。

在家园的篱笆墙下，我寻找传说出没的线索与背景。我坚信，女娲补天的路径，是沿着你错落有致的台阶拾级而上的。我坚信，女娲衣袂飘飘穿越岁月的同时，也穿越了泱泱济水照亮的夜空，穿越了生命逐渐成熟的我。

十月的风，使人内心不能宁静。我愿意在这样的时光里，臆想属于自己的热烈红唇与未来。我没有见过女娲，连背影也没有见过，她是不是也长着一双和我爱人一样的大眼睛？是不是像我爱人那样，撩起长发时，可以覆盖我全部的天空与意志？你静默无语，满山的树木，以万千姿态站成一排排有滋有味的意象，藤蔓的柔软气息，让我想起了远方别着情歌的动人腰肢。

在济源，我醉倒在自己美妙的臆想里了。爱人，你快快把我唤醒吧。女娲把天补好了，那些遗漏下来的雨水，早已滑过古都后花园妖冶的背脊，回到了它如王屋山一般美丽的春天，一如现在渐渐苏醒的我，从异乡到故乡，一定要回到爱人梦想开花的住址。

四

我曾在祖国躯体的纹理中，读到过千里黄河的不同身段。有不同的身段就有不同的风韵，不管是哪一款流淌的姿势，都会高高地扬起庄严的金黄水浪，浸润并鉴照着一个民族自豪的肌肤。

在济源，在小浪底北岸，八里峡、孤山峡、龙凤峡，组合出王屋山自然天成的杰作——黄河三峡。高峡出平湖，黄河在这里一反常态，变成了一面清丽妩媚的镜子，在这面暧昧的镜子里，撒满了谁都可以读懂的爱，大地上竖起的山峰，只是一部编年史里翘起的座座舢板。

黄河三峡，是一扇独立思考的门。岸，在门里的记忆中涨水。

小浪底不动声色地叉开腿，为曾经的忧伤掩盖所有的旧事。

我无法悟觉自己的前世与来生，只知道，人的一生注定要奔走于这短暂的生死之间。可我不想这么快就走，我还没有爱够，我沙哑的歌唱还要越过灵魂的高峡，带着黄河两岸那一垄垄金黄的庄稼，在深夜里冒雨飞奔，回到酒一样迷人的春天，我簌簌入梦的絮语，还要献给远方挚爱的人和我即将路过的所有平凡的村庄。

五

济水，一曲未经化妆的民谣，在王屋山下演绎着透支月光的舞蹈。骨感的音符，伴着细雨，为南方干涸的我浇灌湿漉漉的诗情。

是的，苦难的人生不能没有歌唱，哪怕没有伴奏的曲子，也会成为朴素的路碑。

是的，人生不可能长驻春天，但把幸福渗透在这好山水的深刻部位，一定会有明亮、新鲜的明天。如果不是这样，即使你拥有一双明眸，也不能洞穿这世间单薄的虚伪。

济水，就这么缱绻地流着。一朵朵白云，心甘情愿掉进她更深的水底，动情处，也一遍又一遍复印着我依恋的身影。我的倾诉，除了脉管里与你遥相呼应的潮起潮落，就是那一行涉水而过的脚印。

哦，我们今生的爱恋，是前世注定的厮守。无论是在地狱，还是天堂，云遮不住，梦隔不断。

在济源，我看见那些不老的雨，在风中飘出了水的影子。雨水之间，太行王屋之间，白发苍苍的愚公，来回行走在我梦的边缘，艰辛的步履，告诉我人活着，是一件相当尖锐的事情，所以他挖山不止，他挖的，是一种信念，呈现的，是一种可贵的精神。

于我来说，生活在别处。

别处，不一定很远。别处，就在与天接壤的王屋山上。

请选择我做一粒你的种子吧，让我毫无顾忌地进入你的泥土，在你和我即将分离的泪水里浸泡，发芽。

开花的时候，睁开眼睛，就可以看到大地深处的光芒和色彩。

结果的时候，已长成一处家园确认季节的风景。

梵净山走笔

梵天净土，说的就是梵净山。

梵净山的名字具有浓厚的佛教色彩，缘何而起，我们不得而知。

梵净山有九十九条溪流，或白练悬空，或叮咚垂滴，或涓涓细流，向世人呈现着一场水的盛宴。九十九条溪流，放射状流向比远方更远的远方。有了九十九条溪流，肯定就有九十九个梦想，每一个梦想都荡漾着佛光，每一条溪流都吟唱着颂诗般的梵乐。

形如巨笋的石柱，状若册籍的万卷书山，依山望母的太子石，还有极其珍贵的黔金丝猴，都是梵净山的主人。我敢肯定，在这些主人的心里，一定藏着许多秘而不宣的传奇。

苍茫的云海，有着仙境般的诱惑。大风吹来，浩瀚云海翻卷出万千气象，如潮水涨落有序，似乐章澎湃激荡……云海中若隐若现的壁立石崖，此刻是打捞灵魂的舟楫，还是丈量天穹高度的尺码？谜底无人能知，只知道在梵净山读云，就是在读一种起起落落的人生，读一种令人难以捉摸的情感。

梵净山，人类的一方净土。到过这里的人们，心灵都会得到不同程度的净化。

在这个喧嚣的尘世上，有着太多的纷争和霸权，该拿什么来拯救和医治那些躁动不安的灵魂以及夹杂着邪恶的欲望？梵净山不语，答案在世代友好杂居这里的少数民族同胞纯净的眼里，在不断创造和谐进程的天下——心平气和，和为贵，和为真、善、美。

看着朝拜者的香火烧到云天之上时，我在想，一炷香的生命，不就是我们身边过往的日子和日子所包含的一切，化为灰烬后，恩怨了无。

桂林，桂林

一

没有期许，也没有约定，若干年前，风儿把我吹向了桂林，有意无意的青山绿水，在不动声色中就修改了我命运的航线。

从此，我以桂林月色以外的饮者身份，吟着诗，成为百越人骄傲的后裔。

从此，我奔走不止的行程，有了令人羡慕的美好归宿。

从此，那些比岁月还遥远的渔歌，牵引曲曲弯弯的漓江，弯进了我洗尽忧伤和沧桑的梦里。

二

走在桂林绿树成荫的大街上，你可以放慢脚步，尽情体会季节在光阴的缝隙间来回奔跑的速度。

在接应春天的路上，你可以任目光自由地栖在独秀峰顶，放牧一万年前传承下来的悠悠白云，可以在象鼻山下摇一叶扁舟，去阳朔点燃与星星对话的渔火。

当瑶寨侗乡拉开丰收的序曲，你还可以尽情地踏歌起舞，然后用满怀的激情和敏感的舌尖，直抵八月桂花隐隐飘来的清香。

三

心中有月光的人，才可以安静地拥有真正的故乡。

桂林，桂林，在月光和月光之间，你早已成为我流连沉醉的故乡。

我把你当作爱人倾情守望，我把你当作生命里安静的寓所。这么多年过去了，我对你的初衷依旧，哪怕这其中有许多措手不及的相聚和离别，哪怕一直以来，我都错误地认为风雨的诗意甚于花朵。

而今，任何风雨也阻挡不了，你以花朵和诗歌的名义，绽放在充满文化气息的枝头。

四

当祝福在空气中无限漫延，当酒歌一遍又一遍唱响大地，请让我为你满上一杯酒，请让我为你再满上一杯酒，一饮而尽之后，盛妆的母亲将焕发青春的容颜。

桂林，桂林，这时请你看看沸腾的天空，人字大雁将列队而过，未知的幸福如阳光一般由远而近。尽管我已被淹没在抒情的人海里了，可我固执的双手，依然在紧紧地拉着你舞动的衣袂，久久不愿松开。

五

爱，是不会轻易说起的。

如果有来生，我还会像现在一样，轻轻地靠着你芬芳的肩膀，用诗歌的形式记叙这难以忘怀的良辰，记住彩虹真实地走进梦里，并且让梦甜蜜起来的全部过程。

如今，时间在提速，效益在提速，一切都在发展的浪潮里提速。桂林，桂林，就让我把所有的想法和盘托出，带着与你完好如初的爱情，沿叠彩的山水共赴色彩斑斓的未来。

南宁，南宁

一

无论如何，民族大道在我的心目中，都算是南宁最长的街了。

从街头到街尾，花朵不分四季，自娱自乐地开。棕榈树依次排列，凤凰叶层层叠叠，伸向云天的手，收集阳光爆裂的声音，镀亮南宁每一个蓄势待发的日子。

到了晚上，便是写诗的良辰。南湖的风把夜吹得薄而透明，拐进中山街的灯光，将人们快乐的影子无限拉长。

二

时间过得真快，在这个城市，我一住就是十年。

十年间，偶然在一个淡蓝的早晨，我发现自己竟睡在一片绿叶上。这里到处都是绿，无边无际，沾着雾气的鸟鸣唤我从混沌中清醒过来。生机勃勃的绿，春意盎然的绿，山欢水笑的绿，蔓延智慧的绿，已从我思想的枝蔓间上升为一种尊严。

友善的绿，幸福的绿，温馨的绿，愉悦的绿，感恩的绿，敬畏的绿，豪无夸张地成了这个城市唯一的名片。

三

没有理由，没有角度，甚至没有一点羞愧。在南宁接纳我的时候，我很自然地就把潮起潮落的邕江，当作我身体里的一根血管。

这座包容性极强的城市，与我称兄道弟，为我呼朋唤友，为我提供汉斯啤酒，提供美味烧烤，提供满街挂果的果树，提供海鲜，提供现代超市，提供关乎生计的一切。当然还包括城市拔节长高的声音和有关爱的全部过程。

四

每次从外地回来，从飞机里一钻出，便可看到宽阔的壮锦大道了。特别是木棉花开季节，那份惊艳让你眩惑，让你幸福得不知所措，让你在柔软的睡梦中想哭。

跟着铜鼓激越飞扬的节奏，你很快就会明白，哪怕在这民歌眷恋的歌海作片刻的停留，也会在瞬间得到满足。

五

在诗集打开之前，南宁对我的眷顾一直放在扉页。我不想随意调换页码，去体察别的幸福或者疼痛。

说实在的，这些年不容易。但我们的感情勾兑得极好，即使埌东开发我没有能力买上一套房，即使东盟创业园我没有本事融入参与，即使大海扬波没有搭载我通向东南亚的每一个便捷的港口，即使国际会展中心，没有一个属于我的产品展示橱窗，但这些，始终都不会伤及我和她朴素的情感以及美好的向往。

六

朱槿花，南宁的市花，还有一个好听的名字叫扶桑。

从圆湖路到星湖路，从古城路到民主路，从桃源路到共和路，再到青秀山再到大沙田再到江南，到处都有她凝聚、绽放、繁荣的身影。

这花儿开在每一个南宁人的心上，一天看三回，有时也会从枝头开到天上去。

挽着花魂依着月色，依着这倾城之绿，许多时候我在飘飞的思绪里，憧憬曾经生我养我的故乡，许多时候我又在远行的梦里，把南宁修改为地道的原乡。

南宁，南宁，今生来世都不愿舍弃的花朵。

湿地之恋

相思埭，是一片养在深闺的湿地，在“桂郡首邑”临桂，在我魂牵梦绕的山水之间。每每看到这个名字，我的心底便会陡然生出一种莫名的爱意。

相思埭，古桂柳运河，多么美丽而富有诗意的名字！携纤尘岁月，越千嶂万壑，滋养文人雅士爱国俊秀层出不穷。在时间漂染的河流上，带着“风紧柳花稠”的意境，舒畅轻灵地流淌了1300多年。我知道，那是作为游子的我与临桂人共有的梦里水乡。

会仙湿地的荷花，开在盛夏，那是属于它们自己的季节。热烈的荷花沿湖水的曲线，汇聚天地灵气，开在我的面前。我恍如隔世，而它们，仿佛与世间的距离只是一夜。

水鸟的鸣啼，唤起了我的游兴，摇一叶扁舟，在黄昏的薄雾中漂荡。置身于粼粼波光与云水相接的梦境里，不敢惊醒芦苇坡上那些缠绵的爱情故事，怕夕阳的娇羞在我走神的瞬间，化作一缕轻烟消失在龙头山顶未知的远方；更担心自己一不小心，挥动袖子卷起一片花香，不知安放在心头还是梦里。

在会仙湿地驻足或小憩，你不会感到寂寞。在那片恬静的田园气息里，闻花香，听蛙声，读白云，赏丽日，你足可以远离喧嚣，逍遥于追逐名利之外的淡定，洒脱于心中空无一物、轻舟已过万重山的惬意。

我愿在这里沉醉不醒，让落入湿地的秦时明月重新升起，照彻我与这世外桃源相守年年的契合；让唐诗宋词里潜伏的水声，润泽我笨拙的诗句；让心中泛起的爱恋，在这相思泊镜的柳岸，伴历史文化沉香，弥漫一生无法舍弃的水土。

来一场绵绵的斜风细雨吧，把我也织进湿地那无限美好的风景里。今夜，我要告诉你，临桂有水乡，不必下江南！

灵　渠

年少的时候，我就知道，迤逦千里的湘江，是我的母亲河！

长大了，我才知道，母亲河的源头，源于广西境内兴安、资源、龙胜三县交界处的华南第一高峰——猫儿山。

读历史的时候，我就知道，秦始皇下令开凿灵渠，沟通湘漓，为华夏的统一，找到了打开征战南方的钥匙。在那些没有雨水的季节，纤夫们粗糙的号子和凿工们刻骨的乡愁，汇聚成血水、汗水，湿透了整个南中国的衣背。

到广西谋生以后，我才知道，上苍有意无意的安排，已演绎成一种宿命，我已拽着秦时月光缥缈的衣袂，诗意地回到了母亲河的源头。灵渠，这古老的运河，一直是母亲河连接我千年不腐的脐带。

我来的时候，正值深秋。放舟灵渠，如抵梦境。丝绸般的秋水，怀抱岁月的沧桑，任碧绿的水草，以柔美姿态妙曼起舞。船娘灵巧的手指轻拨琴弦，歌声起处，鸟鸣飞溅，竹影婆娑，千年古邑斑驳的故事，早已被艄公的长篙轻轻一挥甩在了身后……岸边的飞来石静坐无语，只用安静的眼神，打量行色匆匆的游人。

我醉了，醉在民歌随性绽放的船头，醉在秦时北方通达南方的捷径上。

在这样如诗如画的意境里，我不想走了，唯愿在此地长久驻足，搭篷设帐，或逐日而作，或伴月而息，用一生放歌的情怀为灵渠注音，用满眼湿润的幸福，相守这绝世的清流。

哪怕人世间有着太多的变幻莫测，我仍然相信，只要灵渠不息，时光的云翳就遮挡不住历史高耸的光芒，她所创造的中华灿烂文明，就会与天地同在！

兴安葡萄

野性的阳光，一茬茬越过夏天超短的围裙，火辣辣地照在古邑兴安的背上，直到把属于它的九月也照得透熟。

熟透了的九月，红着脸，披着金黄的语言，在秋帷里唱着撩人的情歌。那一嘟噜一嘟噜摇曳着羞涩和相思的葡萄啊，也在这摄魂的歌子里，焦急地等待着心上人，从母亲河的那头款款而来。

初到兴安，秋色渐浓。

秋天殷实而朴素，厚重又简约的本质彰显无遗。

绵延数十里的葡萄园，沿田垄的曲线映入眼帘。哦，哦，葡萄架快撑不住秋天的沉重了！幸福而愉悦的呻吟，让我心跳。喜悦的心情，让我神驰澄净高远的天空。

我必须回过神来，用柔软的时间，托住这来自水晶般紫红的梦。

在我的眼里，兴安人是典型的湖南人。兴安人和我一样，喜欢把阳光的香气和傲人的神气，酿入装满葡萄的器皿，等待时光的发酵。而我，每每入夜，侧卧身子，便于思念。

当美酒呈现，千年古邑的生命有了崭新的延续。灰瓦白墙下，朱唇轻启，桃腮红润，花香押韵的日子，不知不觉中已点亮千村万户的眼睛。

兴安葡萄，带给了兴安人甜美的生活。

兴安葡萄，带给了兴安人醇香的记忆。

葡萄园与村庄一同疯长，诗意的绿和紫红的梦，覆盖了兴安人惬意的生活，南方的“吐鲁番”悄然而生，性情豪爽的兴安人，也喜欢并乐意接受这赞誉性的地理标签。

南方的“吐鲁番”，因为葡萄，时光被拉得悠远而富有弹性。这来自泥土的结晶，传承着智慧、幻想和爱情，也慰藉着岁月，和岁月深处的寂寞与忧伤。

所以，无论你是匆匆过客，还是远离故乡的游子，请放下你繁复的内心，驻足于此。静对灵渠，葡萄会引领你轻盈的灵魂，直抵她生命的前世和来生。

这不是虚幻。

如果是虚幻，那肯定是另一种难得的真实。

猫儿山

海拔最高的“猫”，镇守三江之源。

三江源，其实远远不止是漓江、资江和浔江的源头，猫儿山的怀里，养育着大大小小三十九条河流，这些性情温婉的河流，都是她早已出嫁的女儿。

猫儿山，富可敌国，女儿出嫁，嫁妆可丰厚着哩。除了冰河时期孑遗下来的植物王国“活化石”铁杉，第三纪残遗木兰科鹅掌楸，还有长蕊杜鹃，鸦椿卫矛，以及红叶姜木子……应有尽有。孩子们懂事，有志气，赤手空拳，独闯天下，将嫁妆都留在了猫儿山！让天下人羡慕不已。

十月的猫儿山，凉意袭人。沿十里峡谷上得山来，秋阳娇羞，好像一位妙龄女郎，总是躲在薄如丝巾的雾霭里，久久不肯现身。当云海褪尽，草尖上的露水，调皮地朝我挤眉溜眼。我再次用追赶幸福的目光将猫儿山注视，红枫的叶子，似乎比以往又红了一层，点染在丛林之中，如一树树燃烧的灯盏。我听得见它们燃烧的声音，它们的声音照得猫儿山通体温暖，照得我孤单的心顿生爱恋。这温暖，让我忘记了岁月的褶皱和掌心的冰冷，我低矮的目光里，已高高蓄满一潭深情的仰望之水。

猫儿山喂养的日子远离喧嚣，一年四季，美丽轮回。

时间里的猫儿山，怀揣着大幸福不为人知。鸟儿可以无忧无虑自由飞翔，花朵可以枕着无尘的梦适时开放，云儿闲步天庭可以随意凌空舞蹈，蝉鸣中弥漫生机，斜阳里樵歌暮归……风来了，猫儿山唱着大风歌，邀万顷松涛于千山万壑间潺潺合奏。雨来了，牵着山溪一路如鸣佩环，随性飞流，让我这个偶尔也带着小悲伤上路的凡人，犹闻天籁。

天下熙熙，皆为利来名往，天下攘攘，或为财死食亡。仁者乐山，智者乐水，高山流水，乃人性极致！站在高高的猫儿山顶，我唯求独善其身，这里，虽偏居一隅，但足以安放我一生的宁静和淡泊。

行走壮乡

行走壮乡，红水河是母亲河，她自天上来。

她越千嶂，过万壑，吞吐气象。她携洪流，挟风雷，如一把巨琴，弹奏着壮乡自强不息的生命乐章。

行走壮乡，红水河，在我的眼底明目张胆地将万盏光明从八桂大地带到天上，点亮了一个个灯火璀璨的街市。

从灯火的街市一梦醒来，三月的春风早已吹动了我旅行的思维。漓江丽人，就站在水墨画里翘首等待，她那飞向烟波的眼神，催生五谷，催生百草，催生花千树，当龙脊梯田扬起金黄的稻浪，当恭城掰开月柿诱人的甜蜜，当荔浦芋迈步朝向繁华的京城，当桂花的浓郁弥漫天空，一首首丰收曲便铺排开来，随密集的车辙驶入我惊喜不已的心坎。

在左江，在右江，那些山谷般深裂的伤，早已化作坚定不移的信仰，那些芒果一样香甜的日子，早已指向幸福拔节的村庄。

你看那木棉朵朵，荔枝串串，如天边燃烧的云彩。那是壮乡在向世人展示炫目的容妆和包容开放、合作共赢的姿态。南国壮乡，与山水相连的东盟诸国搭建起了友谊的桥梁。

行走壮乡，我静静地爱着这里的一切。爱着爬满山冈的吊脚楼，爱着侗寨鼓楼前的芦笙舞，爱着能飞起来的壮锦，爱着流淌在翅膀上的蝴蝶歌。

如果有约，你来了自有瑶山杜鹃相迎；如果相见，百年商埠的宝石定会为你绽放光芒。

随梦前行，这里除了酒香茶浓，还有多情的客家山歌。除了曼妙的歌舞还有吉祥的边关月夜。除了柳江白莲、荷城花香，还有胜景如林、美丽如玉的岭南都会。

十万山牵着红土地，蓝海洋哺育金银滩。壮乡处处都是风景！

行走壮乡，铿锵的脚步记录着拓荒者的情怀，蔚蓝的海港早已托起百年伟人的梦想。北部湾的风啊，吹响了新时代的号角，随风起势的梦啊，每一天都有云水激荡！

黔地之旅

今夜很黑，我要牵着你的手去贵州。

听说那里的阳光很贵，不然他们的核心城市，怎么会叫贵阳？

天无三日晴，这是贵州人向外地人介绍贵州的第一句话。我来的时候，月亮的纯洁与忧伤藏在云朵的背后，而无边无际的油菜花，把黔南的春天吻成了缠绵的画卷，看到这样的场景，阴湿的天气丝毫不影响我半点心情。

隔日，含蓄的阳光就露出了笑脸，布依族姑娘小伙明亮的眼睛里也晒出了山雀子歌唱的早晨。我知道，诗一样暖和、梦一样晴朗的旅程便要展开了，你听，那起起伏伏的山歌，已跟着快乐的雾从这山飘到了那山，歌声的翅膀一定是温暖、干爽的。

山路弯弯曲曲，不断延伸着脚步的梦想。思绪引领我们提着幸福，在云贵高原无所顾忌地穿行。壮观的黄果树瀑布随风而至，那升腾不止飞扬不息的气势，怎不令人震撼和沉思？在我看来，那奋不顾身的如潮纵歌，就是天地间铸就的经典绝唱。

黔地之旅，我静坐在春天的封面上寻找灵感。我构思阳光照料树叶生长的过程，构思翅膀寻找天空对话的场面，构思乌江牵动时光无限倒流，构思毕节在云端浪漫行走的草海……顿悟的瞬间，一滴露水照亮了我的额头。

黔也，顾名思义今夜很黑。

黔者，深闺里待嫁的黑金。

翻阅春天

柳笛，已穿越大雪最后的光芒。大瑶山的阳光，便一茬一茬地丰满起来了。

我以诗人之手，翻阅大瑶山的春天。大瑶山啊，你的心境，如水一样透明！瑶妹灿烂的歌声，以花朵和谷雨的形式开遍了整个山野。

醒来的沱江与豸山对唱，歌声在千峰万壑间回荡。绿色之上，旋动的红唇，像会说话的蝶，微笑成俏丽无比的风景。

翻阅大瑶山的春天，我听见过许多美好的声音，对于这些，我都无法用语言来表达内心的钟情。如果我是乐师，我将把这里所有的音符组合成一支动人的乐曲，在世间永恒地传唱。

翻阅大瑶山的春天，泥土的气息和忙碌着躬耕的身影令我陶醉，站在菜园或错落有致的田垄间，丰收的序曲似乎马上就要填满我空虚的心坎……

大瑶山啊，我的心，已被你春天的美丽芬芳成魂。

茅草地

一阕一阕的雨，漫过大瑶山深情而远古的茅草地。生于斯长于斯的瑶人们说：遇上好雨，是一种福气，是过上好日子的兆头。

茅草地，像倚玉盘而坐的佳人，自寒冷的冬天，乘兰舟而来。而此时的我，随时都可推开那木屋唯一的小窗，细数柳岸飞燕的呢喃。

茅草地的瑶人喜欢把粗野的山歌缠在腰间，在外出狩猎的时候，他们还忘不了带上壮胆活血的红薯苞谷酒。而妻子则留在屋里织锦纺纱，有时倚门远望无言的群山，有时把思念和爱一针针缝补在男人出门的背影上……

甘肃记

酒泉的酒，泉水般沿胡杨林且歌且走。

那一队队驼铃，摇亮了塞上曲里望乡的春光，三千里不朽的丝绸之路，将藏在敦煌深处的飞天梦，驮向远方。

雄关万里，鸣沙击节。

战马的嘶鸣，埋伏在祁连山下，守望壮美无比的河西走廊，守望八千年奔腾不息的黄河。边地黄沙烟尘，在一阕阕悲壮豪迈的诗词里，弥漫飞舞。

西出阳关，我把鲜花欲滴的祝福和流水曲曲弯弯的挽留，寄放在甘南草原。脚步踩着日子吱吱呀呀，我要追赶回家的太阳，还有那如藏红花一样美丽的名字。

今夜，我要以诗人之名，用月牙泉，照亮甘肃的脸。

小东江的雾

蠕动着，蠕动着，小东江的雾，气定神闲，如苏醒的言辞，飘弋在资兴的门槛里。

思绪在高处行走，牵挂在江底扎桩。山雀子由远而近的乡音，以雾的清新和柔软，一遍又一遍地呼唤着我的名字。

是的，我已经回到了故乡。一片池塘，几棵杨柳，已从村口的方向，向我奔来。

脚步，顿时缓慢下来了。时间，也在雾的邀约下缓慢下来了。望着冒着炊烟的老木屋，我不敢喊出声来，只听见自己的胸口咚咚咚地敲着鼓。这也许就是古诗里描绘的“近乡情更怯”的那种感觉吧。

哦，那薄如蝉翼、轻如棉花的爱，就在眼前，它们紧贴着我诗歌般脆弱、单薄的身体，紧贴着我即将从眼眶里迸出的泪花。

当我走近老木屋前篱笆的瞬间，柴门半掩，一阵风吹来，夹杂着一股久违的温暖气息，让我一下子就悟觉到了生命与乡土的厚重。

泛舟东江湖

如鼓的东江湖，在九月擂响流淌的秋色。

别后相逢，渔歌缠身的东江人，为我，为一个归来的游子，酝酿着一场水的盛宴。

东江湖的水，这南方经典的丝绸，即使在空阔干燥的九月，也能保持一种雾状的耐人寻味的潮湿情感。在这样的状态下，我乐于构筑自己理想的国度和爱人，乐于构筑蜻蜓贴着水面双双飞行的样子，乐于构筑诗歌迷恋的远方，聚集着今生降临的幸福和快乐。我知道，我在这湖水的牵引下，已不能再对你写下未知的约定，因为任何的等待，都会比光阴更催人老。

东江湖，是一面绿色的镜子。

我爱这面镜子。在这面镜子里，我以诗人的身份尽情泛舟，以歌者漂泊的优雅兴致，敬重资兴衣袂飘香的秋天。而橹声摇醒的水草，是信使，也是调皮的顽童，它们，一定会在阳光潜伏的江底，反复任性地挥动我落花满肩的前生和来世。

游兜率灵岩

我以为，钟乳石相互倾诉的声音，就是时间行走的滴答声。

我以为，在光线阴暗处耸立的岩石，就是你等待我千年后前来认领的前身。

那些不为人知的苦难和疼痛，早已被压在灵岩坚韧不移的底部，那些重生的幸福，也许就来自这深渊细小的歌吟。

锁在深秋里的兜率灵岩啊，我是带着虔诚来拜谒你的，不探寻你亿万年前显赫的身世，只为今夜，看你如何挑着月光，在烟雾弥漫的东江湖，豪气洒下，只属于资兴的白花花的银子。

想不起是谁说的了，大意是，有爱，就有了一切。

我尝试着爱，并把爱寄予这青山绿水之间。而此时，我多想牵着你的手，在母语的交谈中，愉悦而从容地从黑发走到白首。如果这是真实的，那么，多年以后，我会骄傲地告诉我们的孩子，那些值得怀念的日子，都是被爱的目光镀过金的。

今夜，当兜率灵岩下静谧的水面轻盈地升起一泓令人意欲打捞的温柔时，大方爽快的资兴人告诉我，这银子，你都尽可以取走，它们只需要情到深处的诗歌换取。

而我想换取的银子，就是心里渴望已久的纯洁的爱。

汤市炎帝温泉

与炎帝交谈之前，我就沿他的身影，先沐浴了一回温泉。

温泉，是我喜欢的意象，这一笔一画都透着灵气的泪腺，令沦为游子的我，心潮起伏，泪流满面，也耗尽了我所有思乡的力气。

其实，就在我斜躺在温泉怀里的瞬间，我已把我自己的灵魂白描在一首返乡的诗里了。而我的心，也早已随着这首诗的节奏，抵达故乡殷切顾盼的枝头。故乡，你可知道，在无数个虚构的太阳与月亮之间，我为你珍藏着无数个被泪水浸得透湿的夜晚？那些温泉一样溢出来的泪水，漫过了心灵和肉体，也漫过了伤疤垒起的沟沟坎坎，在明处或暗处，在别人无法感知的时间里，为你悄悄发芽、拔节。

此时，我不想大声说话，也不想低声倾诉。

静默，就是我最为深刻的表达。

我相信，一个人对生活偶尔的妥协，绝不是危险的脱轨。而曾经选择离开，也绝不是背叛。

在资兴，在汤溪镇，尽管于温泉触之即痛的乡愁里被一遍遍淹没，但我快乐的心底，已升起了一股股前所未有的爱情般的荣耀。

狗脑贡茶

在资兴，有资格与天比画的，只有狗脑贡茶。

狗脑山，我没有时间攀爬。

狗脑茶，我却有机缘品尝。

狗脑山若有飞翔的翅膀，狗脑茶就是它疯长的羽毛。山里人咬住光阴不放哦，那贡天贡地贡人的狗脑山，擦亮了村庄的眼睛，激活了水乡的心肺。从此，与狗脑茶有关的梦，在灵秀的山水间壮阔奔放。

茶，明心智。

茶，也浸心魂。

在资兴，有资格与天比画的，只有狗脑贡茶。

写给云玫

云玫，嫁给资兴的姐姐，我请求今晚东江湖上的月亮，插上你的云鬓。雾幔，如时间的针线，将把离别的距离缝补。

姐姐，让我们迎着秋阳的语言进发。在东江湖畔，你种下了你心中钟爱的七彩云南，种下了被岁月收拾得妥妥帖帖的日子，种下了头上盘起的明媚春光，也种下了比皮肤还嫩、比酥柳还细的诗词。

姐姐，这里已是你的故乡，我知道这里的雾会巧妙地把你藏好。我多羡慕你啊，你就是躲在雾后面、泊在湖面上的一朵睡莲，梦里的桨声从不会停息。

姐姐，你该起来为我送行了。九月的大地，风吹年华似水。就让我们在这短暂的时光中，静坐在一杯清淡的狗脑茶里，依窗聆听远方，聆听伴亲人踏歌而来的山水潮音。

姐姐，我要走了，我要回到萌渚岭下种草养花，陪伴夕阳去了。我知道，哪怕你不挥手告别，在我转身的瞬间，我也会遇见绵长、揪心的乡愁。

第三辑

十二生肖

把吉祥如意带给人们，

把爱和力量带给人们，

让疼痛和伤感的一切都远去，

让隔阂与歧视一点点消弭。

鼠

看官，我原先是有羽毛和翅膀的，能飞起来的，不然民间就不会有“鼠咬天开”这个词。

此生虽名声不好，但我柔软的身体、灵活敏捷的思维，都值得骄傲。在几千年前的《诗经》里，我就显身其中，就被吟唱成一首诗了。即便对于一个人来说，能够有如此建树，也是相当不容易的。

老鼠过街，人人喊打。这是不争的事实。

我虽然总是临近夜半出来“活动”，但也不至于搞得如此恐怖吧。要知道，在特定的情况下，为了生存，那也是不得已而为之的。

新世纪就这样不知不觉地来了，我一直在思考自己的未来。谁说我鼠目寸光呢？冤家宜解不宜结，我要和猫狗鸡鸭搞好关系，和远亲近邻搞好关系，形成一个良性的、互动的生存环境。然后，在人们的祝福中，高高兴兴地嫁女，高高兴兴地等着当外公。

得意时，也可以放肆地翘起尾巴，拎一壶小酒，以崭新的形象登台亮相，将每十二年一个轮回的故事倒背如流。

牛

一出生，上帝就告诉我，人皆有祸，但一般情况下都是祸从口出。

所以我谨记教导，总是言语不多，默默干活，自觉成为农耕不可或缺的劳力。

我喜欢乡村的四月。

乡村的四月，蔷薇靠短墙，清明走在前面，谷雨紧跟其后，桐花应时而开，这是春天最美好的时节。

我喜欢在四月弯弯曲曲的田埂上，驮着牧童和短笛闲逛。蹄花印在大地上，会有意无意地照出春天妩媚的脸。

炒股的人总盼望牛市。牛市来了，人们便牛气冲天。而我，不会盲目跟进，依然按照鼠开天牛劈地的规矩，心绪平静地干好本职工作，且不眼红。

虎

在轩辕黄帝的宫廷十二卫士中，我排行老三。虽被封为山中之王，但那无甚能耐的鼠辈却排在第一，我心中确有怨气。

怨气归怨气，既定的事实已无法更改，眼前要紧的是，我的领地越来越小，活动范围越变越窄，空气质量越来越差，食品安全存在隐患……

什么时候才能与人类和平共处呢？这一直是困扰我的问题。虽然我能游泳，但不会爬树，而南方的热带雨林、常绿阔叶林，以及北方的落叶阔叶林和针阔叶混交林，一直都是我梦想的生活天堂。

人们常说，置人于死地莫过于猛虎。很显然，在这种说法里我是专业杀手。

其实不然啊，那些扯虎皮拉大旗的人，才更可怕。

兔

众所周知，我是一名奔跑运动健将。

龟兔赛跑，是人们教育孩子的一则寓言故事。在这则故事里，我无端地成为不光彩的角色，一世英名，瞬间俱损。

遥想当年，轩辕帝招聘卫士时，我朝着虎哥尾巴指引的方向，跑得比飞龙还快，坐上了第四把交椅。

和嫦娥姐姐待在一起的时候，我是太阳月亮的精玉。

广寒宫里，桂树不倒，年年开花。我和嫦娥姐姐都不会喝酒，吴刚大哥捧出的桂花酒，大多是象征性地给我们看看而已，一坛一坛尘封着，至今无人敢开坛畅饮。

其实，人们常说的狡兔三窟，我看主要是说我聪明哩，估计没有太多的贬义。

我劝你也和我一样，不要把什么事情都搞得那么复杂。

简单地面对人生，会避免许多没有必要的尴尬。

龙

在我的身上，你永远看不到困乏。腾云驾雾，上天入海，集精、气、神于一体，无所不能，所向披靡。只要我一出现，或者腾飞，风雨雷电的思维也会于瞬间凝固。

几千年过去了，我没有时间老去，也从来都没有感叹过青春易逝。

我已成为一种符号，一种意绪、一种血肉相连的情感。

在人们幸福快乐的交谈中，在光荣和梦想交织的意识形态里，在阴阳均衡的卦象里，唯我独尊。我是华夏民族的图腾，是不可替代的文化象征之一。

二月二，龙抬头。

属于我的日子我自当乘风而起，把吉祥如意带给人们，把爱和力量带给人们，让疼痛和伤感的一切都远去，让隔阂与歧视一点点消弭。这样，在祥和大同的世界里，我就有足够的理由和激情表演绝技：上天能赶乌云走，下地能催五谷收。

蛇

巡游。或直线而行，或蜿蜒曲折而行。

我会飞。在看见猎物跳进河里时，我也会跟着飞奔而至。

当白花花的太阳从云端探出头来的时侯，我会选择绕树而栖，尽情地享受日光浴。日落之前，我便开始归洞入穴了。一路上，在草丛的颤动和蟋蟀的鸣叫掩映中潜行，许多神秘的事物，在我行色匆匆的眼前幸存下来。

尽管我的听觉十分迟钝，因有着与生俱来的表演天赋，偶尔，我也会在知性人的笛韵里倾情狂舞。

由于生性孤僻不善社交，没什么知心朋友，大家都认为我是冷血动物。因此，每一年春暖花开时，我只好独自把自己的衣服褪下，做成标本，挂在山冈或树荫里的某个地方，独自缅怀青春。

作为自然的一分子，在维持生态平衡方面我一直尽职尽责。无论严寒酷暑，我身上的每一寸花纹，时刻都在记录大地的体温。

即便冬眠，我也要贴近泥土芳香的内部，拒绝成为人们餐桌上的美食。

马

腾空为阳，踏地为阴。

这是对马的一种比较贴切的描述。

作为马，或者作为马的前身，无论时间如何渗透、改变，我都会在午时酝酿力量的暴动。然后我会走向每一个深秋的乡村，绕过同伴留下的马厩，去收集那些被雨水淋湿的目光，去探望陌生人的贫穷与困苦。走远了，就在梦里呼喊故乡，喊着喊着，我就成了一个个传说的背景。

流浪，其实是一种稚嫩而忧伤的冲动。

离开故乡的日子，我的心里，一直装着忐忑，去面对夕阳的沉静。那一朵朵在怀里升起的乡愁，我总是小心翼翼地掩藏，而不敢轻易与人说起。我知道，只要轻轻触动，我的内心就会像脱掉铁靴的脚面，立即会感到揪心的刺痛。

故乡，作为一个词语，永远停留在草原。

风吹草低，弯刀一样的月亮，随时都会勾起我收割唐诗韵脚的胃口。因为真实的存在，我不想、也不会那么匆忙地谢幕。

故乡，请你相信，在长江以北，黄河以南，在云都走不动的地方，不用你挥鞭催促，我依然会在阴阳交错之间奔腾跃进，依然会用此起彼伏的忠诚蹄声，无限拉长青草之上的乡恋。

羊

命里注定，不管是为自己还是为别人活着，都要吃草。

午后吃草，是上膘的最佳时辰，我肯定不会错过的。

在我的眼里，草是神。温驯、虔诚地向草跪着，我并不觉得自己卑微、下贱。

我的一生，尽管也游荡过许多地方，但还是走不远，看不到更多、更美的风景。为了不让此生留下遗憾，更多的时候，我把草原当作生长云锦和丝竹的江南。在江南，我了无困顿，滴答不完的雨，裹着春风迎面吹来，催生草籽自由地疯长。这些，足以演奏我一生似梦非梦的奢华。

你们别再唱那首歌了，说什么狼爱上了羊。那不是我的爱情，听到这首歌，我的心就像绿草地，变成了紫沙漠。歇斯底里的演唱也好，锥心穿肺的歌词也罢，都是虚伪的谎言。经不起推敲的细节背后，一定埋伏着不可告人的阴谋。

猴

日下西山。

我们攀跃在大森林的枝蔓间，用特有的姿势和暗语呼朋唤友。大家齐了，聚在一起屏住呼吸，将群山当靠枕，等待月亮高高升起，然后一个一个检阅心情。

不管是风留下的，雨留下的，还是日子留下的，哪怕是生活中穿过的一切，都不必在乎。我们可以做到淡泊名利，无论是追逐春天的潮水，还是享受幸福的萌动，太阳已经把我们的每一天，都描绘得十分迷醉。

桃子，是我们无比钟爱的口粮，丢了桃子，就像丢了爱人。对桃子的承诺，就是对爱人的承诺，没有今生的托付，哪有来世的期许？

千百年来，水底捞月，是我们发明的专利。滑稽可笑的喜剧，未经许可，不得转载与复制。

鸡

每一天，我都能够用打鸣的方式，向人们准时报出晨起劳作的时间。

打鸣报时作用之大不言而喻，在古代，就有人学着我的鸣叫，救出了孟尝君。

由于具备足够吸引人的骄傲面孔，在主人高兴的时候，我也会神采奕奕地来回踱着方步，围着主人瞎转悠。火红火红的高冠，敢与云霞媲美。

虽不领工资也没有雇佣关系，老鹰坚持每天在我的上空盘旋，它说它很关注我孩子的成长，说孩子们在童年都长有好看的酒窝。我不理会。彼此相安无事的情况下，我看见，一条小河在不远处安静地向远方流淌。

隐私被老鹰无端地偷窥，心里自然是极为不爽的。

我总想上天去找它论理。于是有好心人指点迷津，要我陪着妻子，经常在树林下觅食生活，一有机会上得树来，就会变成百鸟朝拜的凤凰了。

狗

被逼急了狗也会跳墙。人们遇到某种困难时总爱拿我来比画。

当年在竞选宫廷卫士时，兔子跑得快，一气之下我咬了兔子，结果被罚排在倒数第二，由此可见，愤愤不平发发牢骚是可以的，切不可有过激行为。

我有常人无法想象的特异功能，一双眼，可以在无照明的情况下，洞穿黑夜中的一切。因此，每当夜幕降临的时候，看家护院，就成了我的职责。无聊的时候，追逐老鼠玩耍，我知道那是隔壁老猫的工作，所以人们常说我爱管闲事。

一辈子待在院子里，警醒和孤单将陪我终老。

我知道，总有一天青草会高过我的身子，河流会漫过我的梦境。我将在一场倾盆大雨落下的时候，面对自己的骨头，认不出自己的模样。

如果有来生，做一个热气球多好，可以飞出房子，飞向很高很远的地方。

猪

我的一生是浑浑噩噩的，略有清醒时就在吃，吃来吃去，却吃不出个美食专家的名号来。

我的一生是朴素的。坐火车，爬高山，看月亮，下河捞鱼，上树摘果，浪迹天涯等等，对于我来说，都是十分奢侈而且是不敢想象的事情。

我一生都被贴着懒惰的标签，但我并不认同懒惰就是愚蠢。

我一生不会写信，更不会写诗，只能想象白云赶路、雨过天晴的情形。

在十二生肖中排位最末，胸中虽无大志，人生却无限辽阔。

第四辑

花雨纷飞

为你编织一个生动的爱的花环，

表达我的思念和默然爱你的小小情怀。

祖　国

一辈子，我都在用你的名字取暖。

一辈子，我都在用那一行行歪歪斜斜的脚印，无声地为你书写传记。

其实，我只是那一角朴素的小小村落，是你，带着我飞越风霜。

其实，我只是那毫不起眼的涓涓细流，是你，领着我奔向大海。

我用我有限的生命倾情地依恋着你，即使化作一片片枫叶，那一片片殷红的枫叶呵，也能组成我们血浓如水的故事；我呐喊着崇拜你，即使我倒下了，倒下的地方也会长出一排排绿色的树木，那一排排缀满日华月辉的树木呵，站起来就是你的化身……

我的快乐，行走在你庄严的天空；我的心跳啊，连着你旺盛的脉搏。

我的气息，紧贴在你黄色的肌肤上；我的眺望啊，只凝结在你乌黑的发梢。

长江黄河给我奔涌不息的力量，泰山长城挺我徐徐崛起在东方的脊梁。

雪域草原赐我呼啸来去的广阔，江南水乡梦我绽放希望的桨橹。

如一线风，每一天我都亲吻你旭日般的容颜。你鲜艳的燃烧的红啊，将照耀我坚强的身躯和满含幸福的泪水。在爱与被爱之间，你温情脉脉的注视，是民族赋予我至高无上的荣光。

祖国啊，祖国，作为龙的传人，你是我今生的停靠，我是你繁衍的富饶。

听见中国在歌唱

一

整个早晨，我在编织一个花环，因为我已听见，中国在丰满的十月里歌唱。

歌声随雨夜的脚步声而来，随星辰闪烁的节奏而来，随秋日金黄的果香而来，随江河湖海的流韵而来，如生命的泉水，日夜流淌在我深沉向往的血管里，让我所有的日子都在辉煌的潮汐中翩翩起舞。

二

十月，我在深沉的土地上，听见中国在歌唱。

在薄暮的寂静中，在晨曦的飞扬中，在牧童的短笛中，在五彩祥云的讲述中，五十六朵民族之花叠映着共和国年轻的背影。哦，我慈祥的母亲，我的一生都用你亲亲的名字取暖，在你双手不朽的抚慰下，我孤独的心，消融于无边的快乐之中，我从你温柔轻快的音乐中真切地感悟到，你已使我获得永生。

三

我静静地站着，一无所求。

大地呀，我不是你陌生的旅客。

我的心像雨天里的一只孔雀，张开思想的羽毛，在狂欢的天空中寻找十月的颂歌和无穷的幻想。

中国，你歌唱的十月，是唯一停泊在我心中的爱人，当一次旅程又一次旅程将我载向最远的波涛，在风与浪的交响里，我依然会倾尽全部的力量，守望着你赐予我的那片竹海、高过天空的榧子树以及那片温暖我的童年的土地。

四

颂歌在飞扬，在成熟的目光中飞扬，颂歌在招展，随冉冉升起的红旗招展……

从田野，从草原，从云帆守望的海疆，从长车呼啸的领地，我们走向梦开始的地方，唱着颂歌祈拜月亮升起的山巅。

从矿山，从沟谷，从猎人勇敢的足迹那里，我们走向巍峨的锯形山脉和盛产传奇的高原，和着颂歌的节奏寻找阳光、鲜花和鸟语。

历史就这样让我沉思。我在沉思中继续着我执着追求的生涯，许多生命的景象和富于变化的季节纷纷拥挤在青春街上……

五

幸福像花儿一样开放。

日子像蜂蜜一样香甜。

十月，我听见中国在骄傲地歌唱。

长江与黄河是不朽的磁带，录制着神州十三亿人民的智慧与梦想，录制着共和国五十六个民族的和谐盛世！

母亲，我是一个幸福的人

当草原呈现唐风宋雨的辽阔，当雄鹰巡视青稞哈达的故乡，当江南丝竹充盈季节的耳际，当塞北明月在窗前痴情守望，母亲，我要告诉你，在你诗意的国度里，我是一个幸福的人。

当太空留下我们坚实的脚印，当“鸟巢”汇聚世界瞩目的眼神，当“一国两制”托起复兴大厦，当科学发展惠及社会民生，母亲，我要告诉你，在你宽厚的胸襟里，我是一个幸福的人。

母亲，我是一个幸福的人。和你一样，身着鲜艳的红装，在洗尽铅华大梦无边的春天里，领群山绵延起舞，携江河奔腾呐喊。在废墟隐隐作痛的肌肤上，传递丝丝入扣的爱；在冰冻肆意侵袭的寒夜里，体察细腻柔软的温暖。

母亲，我是一个幸福的人。你富饶的江山，开出了炫目的花朵。你怀里的日子，如一尾尾精致的小鱼，游进那温暖的港湾。好些年了，我都可以把心安睡在天堂，好些年了，我都可以像这些小鱼一样，简单快乐自由自在地滑翔。那些曾经被风吹得褶皱的事物，已逐渐变得明晰，那些曾经破落不堪的村庄，早已出落成我一眼不敢相认的新娘。

母亲，我是一个幸福的人。你是我濯洗心灵纤尘的清泉，你是我照亮生命旅途的灯盏。

一路上，我用你的气度写诗。

一路上，我用你的名字取暖。

一路上，我枕着你芳香的谷物入梦。

一路上，我踏着你和谐的节奏歌唱。

既然命里注定我要和你耳鬓厮磨一生，那么，就让我们在一场太阳雨里，怀揣不悔的誓言，在镰刀锤子的温情注视下，幸福地，幸福地相拥而泣。

天下大道

——纪念红军长征胜利80周年

一

我要赞美那些创建中华苏维埃、顶着星光行走的人们。他们离开瑞金的脚步，小心翼翼地敲打着坑洼不平的路面，一步一步，唤醒了沉睡的阳光。一步又一步，用热情磨合着热情。

在是非之间，在冷暖之间，在锥心的记忆和挣扎之间，他们肩并肩走在同一条大道上。

他们的耳朵里灌满了赣水的呜咽，灌满了“红军阿哥你慢慢走”的歌声。

一路上，他们抗击着疼痛，抗击着风暴，抗击着来自时间与黑暗的侵袭。

二

我要赞美那些穿着草鞋四渡赤水、走过草地的人们。

他们匍匐前进，把寂寞藏在腋下。

他们野草充饥，把信仰顶在头顶。

他们牵着手走在同一条大道上。一路上，尽管有人在途中遭遇了死亡，但活着的意志，依然前行，依然在丈量苦难和梦想开花的距离。

他们走啊走啊，脚上的草鞋，如船。

装满了深情回望的泪水。

装满了稻花丰年的景象。

装满了与风月无关的念想。

装满了和岁月缠绕的壮烈。

三

我要赞美那些冒着严寒翻越雪山的人们。他们的身影，取代了他们经过的每一座高山的位置。他们心连着心走在同一条大道上。一路上，他们抱着祖国单薄的躯体取暖，有时候也嚼着一粒小小的干辣椒御寒。

他们走啊走啊，思绪在旗帜上的天空飘扬。辽阔的梦里，雪山是移动的背景。他们的内心简单而又纯洁，使命光荣，时刻都抒发着忠诚与热爱。

他们的故事，就是那万年耸立的丰碑。在天地之间，到处都书写着传奇和惊艳。

四

他们，就这样一路行走着，他们走的大道总是峰回路转。

他们一路行走，一路有梦陪伴，不知不觉就走了二万五千里。他们一路行走，一路潇洒写诗，他们行吟的诗句，震撼山河，二万五千里，是最动人最绵长的一行。

他们，就这样一路行走着。走着，走着，就走进了油画；走着，走着，就走进了历史；走着，走着，就走进了光明无限的春天。

他们走过的路，红旗漫卷西风；他们走过的路，鲜花次第绽放；他们走过的路，是世人敬仰的天下大道。

他们用信仰和脚步诠释的精神，叫“长征”！

月色醉人

我们活着，是为了相互温暖。

——题记

我一直以为，你是一支沾满月光与露水的笛，在返回故里的时候，伴我唱着歌，涉过云彩的河。

今夜月色醉人。

月光之外，你是否在我早已预定的位置，闭上眼睛沐浴这皎洁的温情？是否在计算着我的归期，做着那如水的好梦？是否已掀起蓝蓝的盖头，在月光流泻甜蜜与忧郁的背后，静静地观看山水伴歌而起的舞蹈？

唢呐吹开了一茬又一茬的山村，寂寞掠过无尽的竹海林涛，在无声的承诺里，我依着高大的银杏和粗野的山溪，开始望月，望几许忧伤几缕牵挂的你。

我们活着，拼命爱着，就是为了今生今世的相互温暖。所以在这月色醉人的日子，你千万不要抛下零落的花朵让我独自去编织爱的花环。

今夜月色醉人，桂花飘香。

想着你灿烂的微笑和柔情的目光，我离你甚远的小屋已满是芬芳的清辉。

九月的颂歌

一

九月，遍地都盛开着鸟语和阳光，野葡萄一嘟噜一嘟噜摇曳着成熟的羞涩。

在这种时候，无论你注视远方，还是想象漂泊，都无法忽略历史长河中那个光辉熠熠的节日。

光辉熠熠的节日，是教师的节日。

教师的节日，是我们早晨的心情，如音乐落满了九月所有的枝头。它从星星的峡谷而来，从荒凉陌生的村寨而来，从肌嫩肤滑的江南水乡而来，从粗糙的沙漠戈壁而来，单薄的身影如母亲不改本色的庄稼。

二

我选择浪漫的秋天时光，在潇湘这块浪漫的土地上，寻找颂歌产生以及流传的线索。

九月，让我想起朴素的村庄以及篱笆杂木编就的校舍。

在那里，高高的凤尾竹在歌唱着幸福和欢乐；在那里，一种沾满露水的声音在滋润琅琅的书声；在那里，我不再失意，不再迷惘，不再痛苦；在那里，现代文明不知不觉中取代了孤独和寂寞、野蛮和愚昧。

传道授业，看起来是平凡得不能再平凡的工作，却又是“太阳底下最光辉的职业”。

三

烛光，放射光芒照亮别人的烛光。

烛光，让人肃然起敬的烛光。多少人为它寻找赞美的词语，多少人为它的精神气度所感染。而我，面对九月的空气、山林和日月不敢出声，不敢用粗心的手指碰触她圣洁的面容。

九月啊，你是道路，牵引人们走向成功的彼岸；你是火炬，用无私的奉献照亮了每一个人的茫茫征途和人生。

是的，我也因了那道路的牵引和烛光的照耀，走向了美好的未来。在往后的日子里，我会像记住所有的节气和时令一样，在自己有限的生命里虔诚地记住：九月！

给阿海的私信

一

我不愿向外人轻易说起，我常常在午夜的深处给你写信。

你的名字，一直被我草写着压在玻璃板下。每次给你写信的时候，我都要望一眼。每望一眼，一种不安的情绪，一种怕你离去的不安情绪，就会紧紧地包围我整个脆弱的生命。

那些为你而写的诗，或者信，如果能够作为礼物送你，如果能够让你舒心一笑，半个月亮爬上山的时候，我便会站在最后的苹果树下等你，直到轻轻地走入另一个世界。

二

你可曾看见，水已不再年轻？那些微泛的波纹就是它记录岁月的皱纹。

这一生，除了你，我一无所有。在这些方块字里苦苦生存苦苦爬行的我，除了固执地等待，固执地盼望，别无选择。幻想中，我想抓住些流云和鸟语，为你编织一个生动的爱的花环，表达我的思念和默然爱你的小小情怀。

站在生命的河岸，日子一不留神就会滑过你的手心我的手背，那无尘的纤纤之梦啊，正左一脚十年、右一脚十年地向我们走来。

三

一开始，我并不知道你会那么认真地爱我。

许多年后，打开尘封已久的记忆，才发现那段情感，因我的过错已悄然嫁给历史。

如果你能够原谅，如果能重新再来，如果生命能够轮回，如果我还能在你忧郁的目光中找回自信的勇气，我将振舟湖心，荡起生命的双桨，蘸荡漾的春光为你作诗。

四

今夜，我离你很远，很远。

在这邻海的孤单的小城，只有微风还在轻轻梳理我们的往事。

星依旧，古桥依依。

海依旧，波光粼粼。

却不再有你如珠的笑声。

我的相思啊，已瘦成月下那一管呜咽的箫声。

冬日恋曲

一

在南方，在南方最后的冬日，我默守木屋，等待着春天的脚步为我捎来一个花期。

春天就要来了，我们幸福的泪水该往哪流？那种萌芽的灵动，可以任心灵的烛光，一千遍一万遍地从不同的角度照耀。

二

请你慢慢转过身来。

让我成为你的爱人，成为你生命里最温柔的一部分。然后，在紫丁香开放的黄昏，将所有梦境涂抹成璀璨的诗行。

在这个世上，只要一想起你的名字，漫长的冬季也会在眨眼的瞬间消失得无影无踪。

我的情郎，你可知道，整个冬日，我都在记忆的温情里专心致志地等你。窗外的菜地，是我视野里唯一的葱翠。

如果诗歌是一粒火种，我会用它点燃善良的爱情，让爱情闪烁着黄金般的光芒去照耀城市，去照耀每一个属于我的角落。

三

音乐依旧在抚摸我的忧伤。

初来海边的时候，由于孤寂，我的心域，溅满了海鸥温情的蓝色思念。

冬已走远，我幻想你送给我的那枝梅，开在异乡的海滩，让铭心的微笑，在涛声里澎湃出爱的真谛。

纪念日

还有什么能比你更重要呢?

无数的历史风尘和岁月云朵都相继在我们的视野里渐渐远去了，无数美丽的风景和烟雨弥漫的村庄在我们的睡梦中淡漠而去了，唯有纪念日，在记忆的黑山白水里，成为永恒的歌唱。

邂逅，是一种美丽得近乎残酷的相约。我知道这季节之外的等待，是生命中不可缺少的驿站，面对未竟之旅，我不断地寻觅着你的身影，不断地幻想麦草伴着你会说话的眼睛在阳光里欢笑……

纪念日，我在他乡想着远方的情哥哥。

还有什么能比你更重要呢?我在浪漫而痛苦的情网里苦苦挣扎，在那凄婉的河流之中，一口口饮咽着从感情的泥沙中抽裂出来的哀愁河水。身前是期待，身后是眷恋……在路的尽头，我渴望你举起生命之酒与我对饮!

别离的滋味，是苦涩的咖啡，饮了，就会化作一生一世的孤独。爱人啊，不论是清晨，还是雨夜，都别忘了带上我的心与你同行，即使迢远的征途上充满风雪与泥泞。

还有什么能比你更重要呢?玫瑰花不是摆设，在纪念日，一定要送给最爱的人。

七　夕

在这个世界上，最美丽的故事源于最铭心的痛苦。

七夕是我的生日。七夕到来之前，一切沉默都如你诗样的春天，许多男人和女人为此彻夜不眠。

我端坐在自己的小屋里，等待玫瑰色的风透过窗棂送来你缕缕牵挂。寂寞是一种难得的境界，在这种时候，我可以随意地想想老家，想想熟悉而陌生的朋友，想想你温柔多情的面容。

在你的小河里，少女永远藏匿着难言的羞涩。男人的自尊，也如阳光在沙浪中摇尾成碎片。在七夕节，人有了钟情与崇拜，才华顿如泉涌；人有了折磨与坎坷，理智才气壮如山。生长的季节，你曾不断地放牧诱惑，而成熟的时候，你千万不要拉紧窗帘……

哦，爱人，我早就发誓，今生今世依你应你。可现在，在充满温馨的七夕节，你已在我充满希冀的门前筑起了一道伤感的篱笆。尽管如此，我依然要在属于我们的节日里，在你的门前专心致志地等待你的出现。

七夕，是我的生日。

在你远离我的日子，我在守望。但愿守望不是空望。

孤独的月亮

——听《二泉映月》

清冷的月光，浸染着江南小巷。

那个叫阿炳的瞎子，就坐在小巷的尽头，低矮的身子披着单薄的雾霭，怀里的音符交织着无限的悲愤和哀愁。

就在这深秋寂静的夜晚，我唯一的泉水已被阿炳拉长成丝，从那个叫二泉的地方，伴一轮圆圆的月亮，涌向你……

我常常把你望成月亮。月亮很瘦，我的心情也很瘦，苦楝花在散发着孤独的清香。

平仄的青石板依旧，结着丁香愁怨的江南小巷依旧。在日子深处，那些会飞的寂寞，定是我在远方飘忽不定的忧郁心情。

孤独的月亮啊，除了阿炳，我也是你的知音。在欢乐和悲哀相继被推向高峰的时候，今夜我也无眠，我将用阿炳掷向半空而悬成月的琴箱拉响对你无尽的思念。

与你倾诉

——序徐沛东音乐专辑《龙的情怀》

日子，是一首黑白相间的诗。

缓缓地，流过春夏秋冬，流过高山江河，流过庄稼树木，流过盛产民歌和激情的乡土民间。

我们在日子的海边，聆听岁月的潮音；在日子的枝头，顾盼着春天盛开的芬芳；在日子的封面，阅读雨后溪岸生长出来的彩虹……徜徉在日子的长河里，我们幸福地收藏乐谱，收藏天籁般的吟唱，想象那些富有弹性的阳光。在你把音乐传递给我的瞬间，日子就变得格外鲜活亮堂起来。

无论初春还是深秋，无论雨夜还是晴日，无论长途跋涉还是客栈小憩，我们都会选择在你的音乐里憧憬未来。因为有音乐，就有无限飞扬的梦想。

痛苦的时候，在你的音乐里摸出一壶老酒倾诉哀愁。快乐的时候，在你的音乐里享受着畅快淋漓的喜悦。美酒、甘泉，快意春秋；天涯、海角，聚散依依。其实，品味音乐，何尝不是在品味人生！

爱情，在你的歌谣中蔓延着，与空气永存。

生命，在你的歌谣里流露出与自然舞蹈的欲望。

历史，在你的歌谣里拉近现实与梦幻的距离。

盛夏之夜，繁星点点。你的歌谣，一次次从遥远而邻近的地方响起。动人的旋律沿蜿蜒的山水迤逦而来。今夜，我将在乡村朴素的一角，用月光般恬静的心情聆听，聆听你奏响时代的最强音。

你的音乐啊，永远在温暖我的心灵！

在北海听何述老人弹奏独弦琴

风吹过来的时候，北海正忙着为今晚将要演出的月亮梳妆。而我，依然躺在那两棵椰子树支起的网床上不愿起来，我在等我早已约好的何述老人。

北海，宽阔的海面是月亮演出的移动舞台。

北海，有着现代化的港口，有着斑斓不一的珊瑚，有着圆润剔透的南珠，还有绵软如雪的银滩，但我不为这些所动，我只为何述老人演奏独弦琴的绝活而来、而忘返。

何述老人来了，带着一根简单的弦，一把普通的琴。这绵延十里的海滩，将是他今晚演出的地方。

老人并不急于弹琴，也不说话，只看着我宽厚地笑，好像要我先读懂他一弦一琴的沧桑人生。说实话，按我的阅历，无论如何也是无法读懂他的人生的，我只好回敬以傻笑，并用鼓励、期盼的眼神告诉他，我是因为他的琴声慕名而来，快快给我演奏吧。

演出开始了。月亮随着渔家姑娘的袅娜身姿翩翩起舞，月光无拘无束地在弦上尽情流泻，我看见老人灵巧的手指也随着光在弦上游走如梭。颤悠的琴声，牵引着一排又一排白浪涌来，高山流水，涛走云飞，海浪和沙滩亲吻相拥，小渔船轻轻归来，向岸诉说着久别的思念……我安静地倚着椰树，任琴声自由温润地缠绕。此时，连咸味的空气也被这神奇的音乐稀释到最佳浓度。

无法模拟的琴声如天籁丝丝缕缕，好像从云中垂下来，荡涤着我的灵魂。云，这月亮的霓裳，在何述老人的身后左边一朵、右边一朵，迎风舞蹈。听着琴声，今夜我已没有故乡。我要穿越这音乐的森林，把握人生来来去去的风雨，然后，以一道闪电的姿势定格自己。只有这样，我游离的思绪才能在这根单弦的引领下回到故乡的根部。

音乐还在继续，京族三岛人劳动生活的场面在音乐中若隐若现。一个热爱音乐的民族，就是热爱生活的民族，我不敢想象，如果没有这独弦琴，没有独弦琴弹奏出的优雅韵律，勤劳、聪颖、勇敢的京族，那又该是怎样的一个民族？

我的目光一直聚集在老人的手上，作为一个彻底的浪漫主义者，我仍惊讶于他那根神奇的指头，怎么可以在一根弦上弹出万千气象？怎么可以用一根弦就完美无缺地演奏出人世间的美丽和忧伤？在何述老人赞美生活的自信眼神里，我找到了答案，那就是积蓄智慧、彰显力量。

风，收拢了翅膀，潮水缓缓而退，琴声也慢慢隐去，一切又归于以往的平静。

告别何述老人，我满意地踏上了归途。我想，尽管在海边的临时住所有些潮湿和阴冷，但今晚的梦一定是干爽暖和的。

雷锋，雷锋

一

首先，你是一粒朴素的种子。

在春天还没到来之前，便从湖南一个叫望城的县城出发，简单的行囊和乡亲闲置已久的笑容，伴你行色匆匆。

走到湘江岸边，你以灵秀的江水洗面，以淳朴浓厚的乡情清喉。然后，吹动空气，伴着嫩绿的橹声，沿湘江所指的方向北上。

从此，故乡远了，远远在雾霭依稀的梦里。

二

一路北上，风如大蟒。

你带着生命的热情和一往无前的激奋与高昂，无声地穿越白山黑水，穿越层次分明的白桦林。冻得通红的小脸，在铺天盖地的寒冬里，绽放成一朵无邪的花。

辽宁无限辽阔。这是你第一次出远门，对外界的第一次总结性认识。到了抚顺，便到了目的地。在这里，你很快忘掉了雨天里那些陈旧发霉的事物，开始了崭新的军营生活。

微风轻吹，云彩飘在天上，你的心情很好。我知道，即使在无月无星的夜晚，只要你枕着红星入眠，筋疼骨痛的梦里，也会撒进片片柔软的月光。

三

无论从哪个角度和位置看，你都是一颗平凡而闪光的螺丝钉。

如一盏灯，悄无声息地酝酿着一种精神，并逐步展开富足温馨的旅程。

日复一日，天空和你名字的内涵，在你坚实的行走中，不断得到强调和延伸。方向盘在你的调教下，不再沉默，飞奔的车轮在人们的注视下，与夯实的地面摩擦出无数欢快的劳动之歌。我们知道，“干一行爱一行”，是最实在、最动人的一首。

你说，对待同志要像春天般温暖。

你说，像秋风扫落叶般对待敌人。

整个中国和整个时代，都举双手赞成！

四

正值英年。

你快乐善良的琴弦，弹奏在异乡熟悉的车厢。和我一样向往幸福的你，肩负使命，怀抱忠诚与信念，全心全意地为人民服务。谁也没有想到，甚至连作为老乡的我，也来不及提醒你，一场无法避及的灾难，正悄悄降临，瞬间便夺去了你年轻的生命。

一朵刚刚绽放的青春之花，凋谢在抚顺踌躇满志的心口。

大地无声，江河呜咽。承载理想的道路顿时陷入寂寥，传播风尚与道德的车轮突然失语，一曲凄婉的哀歌，随低空的白云清风飘来。

五

你并没有随历史斑驳远去，我要告诉你，在你离去的日子里，除了深深的记忆，和长久不息的怀念，相爱的人们拥抱得更紧了。

拂去岁月的尘埃，静心倾听，你已成为季节永唱不衰的音符。光辉的形象，映照不断创造和谐的社会，你无私的奉献，已定格成我们心中永不倒落的标杆。

燃烧的情愫

——观电视连续剧《潜伏》

就这样，我顶着倒春寒，固执地站在小巷的深处等你。

我知道你并没有走远，尽管那个年代离我们有一些时间和距离，当我们再次打开尘封已久的日子，你依然鲜活，依然热血沸腾。

你将誓言沉至水底，将信仰顶在头上，在黑暗中沿着百合花绽放的声音追随着你的队伍。当你把手伸给我的时候，你说，你潜伏的身份，是在刀刃上行走的最后的马匹！

很多时候，你总在想，谁在窗外，而今夜你又将为谁难以入眠？又将为谁的相约把痛苦的呻吟和委屈的泪水交给酣睡的小屋？

这是看不到硝烟的战场。

这是明与暗、红与黑、正义与邪恶的较量。

这是力量和智慧的昭示。

因为有你，连江河湖海的浮萍与舢板，也具备了追赶日月的勇气。

因为有你，我们迎来了和平与宁静，一切有花开放的地方，风儿都在传颂那些跌宕起伏的情节。

从知道你名字的那天起，微笑的秋叶便在我的心里渐渐地红了；从看到你的背影那天起，你就像一颗参天大树，深深地根植于我的心田；从走进你的剧情那天起，我便看见你镜片后深邃的眸子里，始终旋动着温暖的潮湿……于是，我深深懂得了，在那个物质相对匮乏的年代，你并没有成为思想匮乏的漫行者，你在用心、用坚定的信仰和燃烧的激情等待神圣时刻的到来。

伴着梦想生活的人，才能够得到真正的生活。

我知道，在搬走黑夜、唤来黎明的过程中，你爱过、恨过，撕心裂肺地痛过。而这些，在你用顽强的生命托起的梦想面前，又算得了什么？你只把它当作一个践行誓言的必然。如今，你如一粒盐，用你的爱，你的真，你的忠诚和奉献，为我们换取了幸福和自由。

我想对你说，在以后漫长的岁月里，如果我遭遇人生的不幸、事业的挫败、生活的困顿，心里一定会浮现你高大不屈的身影，你将成为我战胜困难、超越自我的力量源泉和思想法宝。

我还想对你说，人的一生总有些刻骨铭心的记忆，时间冲淡不了，岁月也难以磨灭。

对于你，对于那段历史，怀念或者追忆，恐怕将是我今生唯一要认真对待的事情！

生命是河边站着的柳树

在还没弄懂阳光为谁的童年灿烂之前，我估摸着，那时候我可能是一片风，在南墙上撞碎后，就开始了长长的雨季。

远方有一盏灯，心事却无法走近。

唯一的钥匙吊在胸前，若无其事地错过了所有的门，在那条路的尽头与你相遇后便忘记了归途。在这样的时候，我就什么都想什么都不想地坐在一棵樱桃树下，听你讲一些阴阴晴晴的往事。

昨天，那只鸟错过了南迁，成为我苦命的伙伴。在南国的一座小城，今夜该有一方阳台彻夜不眠。

生命是河边站着的柳树，小河年年流淌，柳树岁岁守望。

生命是站在河边的柳树，总有无尽的彼岸难以抵达。许多柳丝在春天泪流满面，那些柳絮作为一种情绪，在我的天空飘飘扬扬。

不要问，灯盏为何忽明忽暗。不要问，歌声为何忽高忽低。不要问哦，等待为何有苦有甜……

所谓思念，大概就是岸与岸之间美丽而温柔的距离。

守　候

就这么简单，你走，太阳也走，生命的极地，便寒夜茫茫了。

用无怨无悔的青春，当作出寻的代价。在风雪呼啸的村庄回头时，却发现已经苍老的我仍然站在原地。而每当你的音讯如梦般划过我的耳际，我才知道，生命中有许多死谷是无法走出的。

——比如，今生今世，我注定要紧紧守候着比诗人还忧郁的你。

人活一世，草长一秋。

因为守候，我常常丧失时间感，尽管白天和黑夜彼此追逐，永无止境。

因为守候，我从不关心季节的变换，就像庄稼人只惦记着自己的庄稼，而从不细看周身早已盛开的鲜花。

守候，是一种心灵飞翔的苦旅，是一种苦涩而甜蜜的期待，是一种美丽而错误的约定，是一种顶天立地的责任。

守候，也许寂静得没有任何结果。那么，就让我在烈火中燃烧吧，或者在冰雪中凝固。

为了守候，我宁愿成为千年之后被人们观赏的化石。

麻雀的早晨

麻雀，属于天空。这些我们孩童时的伙伴，在现实和记忆之间，已成为活泼、朴素、平易的词语。

麻雀的早晨，是与阳光亲和的早晨。

早晨的阳光若隐若现，记录着它们翻飞的剪影和流浪的痕迹。它们从屋檐上飞下来，走几步，又飞一下，小小的脑袋，如同我文章里的逗号，为了生存，机敏而又不失时机地前后张望。

麻雀的出现，与早晨的一切是多么相宜啊，我不忍打扰它们，如一棵树，静静地立在远处。在高楼林立的都市，这人与自然和谐的一幕，也许是一种幸福，可我贫乏的思维找不到形容这种幸福的词语。

麻雀的早晨，是麻雀和微风交谈的早晨。晨风习习，如一把灵巧的梳子，梳理着它们的羽毛以及有趣的觅食往事。它们交谈的内容我无法听懂，那大概与环境气候变化有关，与今夜到哪里安家有关。

一只麻雀受伤了，我想为它写诗。可面对它这样的处境，写诗，就是一件美丽与哀伤并存且无法言说的事情了。淡蓝的早晨，是麻雀给我的心情。有了明朗舒畅的心情，我就不会迷失，不会忐忑不安，我要伸出救助之手，找寻昨夜盛满它泪水的青枝绿叶。

现在，趁阳光还没爆裂、瓜藤未及松手、蜘蛛忙于纺织婚纱的瞬间，我唯一的决定就是接它回家。

远亲不如近邻，麻雀，成了我不愿失散的亲人！

诗化番禺

一

认识番禺已有多年，而每一次相逢，我都要对她进行一次新的认识。

今年初夏再来的时候，一场瓢泼大雨覆盖了我的世界。湿漉漉的木棉树，湿漉漉的花彩裙，湿漉漉的现代建筑，湿漉漉的车流人群，构成了一个湿漉漉的南国水乡。雨中再识番禺，别有一番韵味，我知道，我今夜在番禺怀里的梦也会是湿漉漉的。

风雨多情。激情、智慧的番禺人，伴随着番山的风、禺山的雨，跨越了两千多年的沧桑历程，把中国最古老的县邑以最现代化的姿态呈现在世人眼前。

雨是无根的水，而这水形成的开阔江面上早已百舸争流。

雨是无根的水，而这水已将商业的信息延展到了世界的任何角落。

风雨多情，江山迤逦。雨到番禺，也说粤语。

二

从峰峦起伏、波光潋滟柳条柔的大夫山归来，从头到脚的感觉都是“绿色”的。

大夫山，是番禺人在推进工业化进程中彰显都市魅力、气质的代表作！

毫不夸张地说，大夫山是番禺人永远的肺，是番禺人诗意的眼，更是番禺飞速发展热潮中静心内敛而又灵气活现的魂灵，是番禺人可以拿出来与人分享的骄傲资本和岁月名片。作为诗人，我欢喜的内心，除了感叹这种在保护和发展间传承的美和静，还被番禺人的精明和远见，大识和勇气，冷静和包容深深地折服。

星海故里的夜是缄默的，缄默中回味山岚雾霭，生活的美妙和音乐的磅礴同在，科学的梦想和音乐的气势伴行，静美的浪漫和霓虹的时尚齐步。

南滨珠江口的夜是沸腾的，沸腾中感慨沧桑巨变，打拼的甘苦与缠绵的遐想共舞。

今夜，我决定拽着番禺人洒脱的眼神梦回秦朝。

今夜，我将奢侈地横卧在两千年前古老的月光之上。

三

莲花山，古老的采石场。

我来的时候，鸡蛋花散发着诱人的清香，飞瀑之下，泉水已被大自然那双无形的手细细地拉长成丝绸。

一滴水的旅程可以千年，一块石头沉默的梦想和记忆亦是如此。

当我站在采石场遗址冰冷的石碑旁，呼吸明显地紧促起来，我仿佛听到了先民们纤绳般粗糙的采石号子……千年间，号子渗透石壁，夹杂着悲壮、豪迈，贯穿着绵绵相思和带着血丝的无尽等待。

其实，在现实和历史之间，或者在我有些固执的眼里，莲花山采石场不仅仅是一种见证，更是人类开采文明史上一座不朽的丰碑。也许，还冥冥中记载着坚实的步履和生命延展的沉实。

四

阅读经验告诉我，作为岭南文化重镇，岭南印象园古建筑群，绝对是番禺人文化建设的样板工程。而这样板工程是焕发着蓬勃诗意的创举。

从岭南印象园一路走来，古意的亭台楼榭，在热烈的广东音乐中，纷纷醉倒在粼粼水波里。多好的一段“步步高”啊，喜庆中洋溢欢乐，欢乐中折射和谐。音乐与建筑有着许多互通的地方，在岭南印象园里，我找到了确切而满意的答案。

友人把我引向菠萝鸡和肇庆端砚，这些精湛的民间工艺，又毫不犹豫地把我引向了此前无数未知的幸福。

幸福之上，酒旗飘扬。酒旗之下，是诗一般平平仄仄的石巷，我完全没有想到，除了中原开封以外，在岭南腹地还可以真切地体验一把“复古”生活。看来，这有着“千年古邑”美誉的番禺果真名不虚传。

五

有相逢就有别离，别离也可能是为了更好地相逢。

其实，对于明天或者未来，对于令人难忘的把酒言欢，对于无法割舍的关注和真情，谁也无法说清从离别到相聚的距离到底有多远，谁也无法道明滚滚红尘中有多少情爱可以挽留。我只知道，番禺那美丽的容颜已足够令我为其放歌一生，她那充满时代特色却又不乏温婉古风的姿态已足够吸引我千次回眸，她那浪漫气质和迅猛发展的都市热风足够促使我的思考旷远深沉。由此，我决意把她长久地安放在我脆弱而坚韧的内心，把她彰显在我尽在不言中的零落表达中，把她美酒般典藏在生命的库存和未来的字典里。

当然，在她柔软、宽广的怀里，甚至在那些流线型写意的梦里，我随时都可以从容地放下行囊，随时都可以像归巢的鸟儿，用翅膀触摸我们相爱的时光。

选择一棵树作为对象

一个人，一辈子不可能没有对象。

没有对象的人生，是有缺陷的人生。

对象，是携手一生、搀扶着历经风雨、微笑前行的拐杖。有时在现实的生活中，有时在想象的时光里。

现实的生活扰攘太多，蓓蕾锁着花香，暗夜舞动流言。

如果让我选择对象，我会选择一棵树，一棵寡言倔强的树。为了酝酿一场旷世绝美的爱情，我要完整地把自己交给它，包括心思、梦想以及常人无法懂得的坚持。

选择一棵树作为对象，简单的一生就会有明了的选择。

要么随秋风披着金黄的语言给大地上漆。

要么不顾一切地越过布满荆棘的寒冬，用沉默的新绿装扮那无拘无束的春天。

夜之舞

于我而言，在春天思念人，味道是甜的。而在秋天思念人，总少不了苦涩的惆怅。

秋深了。黑夜，直截了当地漫过了霜桥，以风的速度滑过我的手背。

我明显地觉察到，与冷月相伴的树叶有些颤抖。我在一个人的南方之夜，不想重复这些颤抖，便赶紧取一片夜色注满酒杯，让酩酊覆盖孤独，让孤独随夜起舞。

夜之舞，披着黑色的柔软的披风，带着日子的余温慰藉我沙哑的歌喉。而音乐以叙事的方式，湿润我远离故乡的双眼。天太黑，没有谁为我点燃取暖的火烛。

远在异乡，我无法看见母亲年迈的皱纹，甚至连那随思念疯长的青苔也无法触及。无论欢乐还是忧伤，都伴着一种疼痛清醒地生长在我的生命里。

如果此时有一把二胡，我定会在夜来香消逝的地方，把心底的哽咽一点一点地拉响，直至暴涨的秋雨，把整个夜晚和所有的往事都淹没。

南方唱给北方的情歌

一

春天，就是一种心情。

来自白山黑水的声音，将我拽进数十年前的记忆里。这个春天，注定是澎湃的，眼波里的渴望像窗外的桃花，心情愉悦地灼灼绽放。

我就住在南方古镇的隔壁，无以言状的情愫已深陷于贺江水的细沙当中。我的北方，你可安好？面对天堂鸟飞过岭南时留下的羽毛，我常常在挂念你玉立亭亭的年华，还有四月芳草碧连天的呼吸。

现在，月亮已穿过厚厚的云层，给我一个人的旷野带来了光芒。很多人都认为月亮的光芒是冷的光芒，而此时，月亮在我的内心，是一面滚烫的银鼓，散发的光芒亦是热烈无比。

二

你说，我就是姑婆山里睡在露珠上的花朵，纤尘不染。

回忆降临，所有的往事都被虔诚的诗歌一一擦亮，都被你的手、我的手，推远，又拉近，拉近，又推远。

属于我们悲痛的分别，已写成悲痛的剧目，而在这个阔大的春天，又终将以喜剧上演。

几十年的风霜浸染，几十年的苦涩煎熬，都可以忽略不计。

生命，本是一个不断疼痛的过程。

爱，也许就是疼痛的必然。

三

南方的雨，淅淅沥沥，漫过低矮的屋檐，钻进了我的眼睛里。转瞬，又牵引出我淅淅沥沥向着北方的泪水。雨水和泪水缠绕的南方，婉约迷蒙，烟波浩荡，连记忆也是湿漉漉的。脆弱的情感，更是如被激流冲撞的楼宇，迅速坍塌。

今夜，我多想搂着北方，让它为我烘干无奈的沉默，烘干冬眠久违的感动，烘干蝴蝶神秘而被雨淋湿的翅膀，烘干只属于我的良辰。

良辰里，风在掌心发芽，花在梦境里吐蕊。我多想有一辆老火车从黄昏开过来，载着我们缓缓开进旧时光。

如此，我该幸福得快要喊起来！

四

北方，想想我，就像我想你那样地想我！

我和母亲说过很多次，表达我想诞生在北方山谷的愿望。

当然，这只是日常生活中的一种冷幽默。但在现实中，我一直觉得北方是辽阔光明的家园。我想在它辽阔的森林里无边无际地做梦，我想在它洁净的夜空里追逐一颗划向天边的流星，我想在它大雪封山的季节里把自己打扮成一个可爱的雪人，我还想啊，去“宁舍一顿饭，不舍二人转”的民间艺术里，寻找盛产民歌的根。

北方，我的北方，当你说我是人间的天使，我就想叫醒月光，带着南方淡淡的忧伤飞向你了。那时我就在想，如果我真的去了，见到我的时候，你一定会暖暖地把我捂在胸口，让我听着雪落屋顶的声音，直到白雪覆盖我们，直到我的青丝也变成雪的颜色。

五

南方的情歌，唱着唱着，红豆就红了。

北方的情歌，唱着唱着，白雪就下了。

殷红的爱情，让人转身就看见乡愁。

雪白的爱情，让人衣带渐宽。

南方唱给北方的情歌，唱着唱着，春江水就涨了。

南方唱给北方的情歌，唱着唱着，大地就丰盈了。

春水般的爱情，会让人在甜蜜里流淌。

丰盈的爱情，会让人拥有富足而快乐的一生。

后 记

在写诗、写歌词、写公文之余，我偶尔也会在闲暇时写一些散文诗。这种融合了诗的表现性和散文描写性的文体，短小、精悍，随时都能触发思想情感的波动，随时都能让人拾捡起生活甜蜜或忧伤的片断，我由衷地喜欢。

每个人都有一个精神家园。我的家园在湘南山高林密处，那是父亲的崀山、母亲的阳明山，也是我时常眺望的远方。故乡一年四季分明，春天繁花满枝，夏日草木情深，秋来云天高远，冬有雪花频访。这是我写作散文诗的背景，也是我灵魂飞翔之所在。在这样的背景里，我乐于读着或写着自己钟爱和敬畏的文字，这已经成为我的一种生活方式。

人生行走，天涯万里。离开故乡到异乡谋生，已有二十年了。陪伴我行走的散文诗，是心灵的召唤，也是情结使然。二十年来，我一直固执地认为，我创作的散文诗，能够把心中眷恋着的这片土地上的爱和忧伤、宽容与包容都写进去。直到这次结集出版，将多年存留的文字进行梳理后才发现，尽管自己已连续十余年不间断有作品入选《中国年度散文诗精选》等选本，但书写刻骨铭心的故乡，却是断断续续的，缺乏整体性和连贯性，跃然纸上的那些情感亦是肤浅、粗糙的，且写得零散，所涉篇幅少得可怜。顿觉愧疚，无颜面对。

资江和潇水，这美丽的因子，乡愁一般日夜流淌在故乡的版图上，奔腾在我诗性的血脉里，给予了我无穷无尽的写作灵感和生存勇气。因此，我有充足的理由以漂泊者的姿态继续写下去、活下去，继续在我的散文诗里写尽余生的怀念与离愁，也写尽无限的热爱与珍惜。

一直以来，我都对广西师范大学十分仰慕，在广西师大我也曾有过一段难忘的求学经历。而今，广西师范大学出版社又为我出版人生的第一部散文诗集，缘来缘往，铭刻于心，真实而美好。当然，这份美好，也凝结着著名诗人、诗歌评论家刘春先生和诗想者工作室为策划出版这本集子所付出的心血。承蒙著名散文家王剑冰先生、著名作家邱华栋先生抬爱，他们在百忙之中为我的小集子撰写了推荐语，在此一并致以深深的谢意。同时，也真诚地希望，读到这本集子的读者能提出宝贵的意见和建议，我将带着你们赐予的温暖，踏上新时代的新征程。

诗歌，是至善的精神。散文诗亦然。

是为后记。

2017 年 12 月 1 日于岭南寿城